별거 없습니다, 후루꾸입니다

후루꾸 산문

별거 없습니다,

후루꾸입니다

위즈덤하우스

＊일러두기

　글맛을 살리기 위해 일부 비속어와 신조어 등을 그대로 사용했습니다.

안녕하세요? 후루꾸입니다.

아마 이 책으로 저를 처음 접하는 분도 계실 거라고 생각합니다. 그래서 소개하자면 저는 네이버에서 보잘것없는 블로그를 운영하고 있습니다. 그런 사람이 무슨 책을 쓰냐고 의문을 가질 수 있겠지만 푸바오, 어피치, 잔망루피도 책을 내는 마당에 제가 내지 못할 것은 없다는 생각이 들었습니다.

잠시만요, 저도 압니다.
푸바오, 어피치, 잔망루피가 만만한 상대는 아닙니다.

그러니 저 역시 정신 바짝 차리겠습니다.

또한 원고를 마감한 지금, 저는 그들에게 처참하게 패배했음을 겸허히 인정합니다.

책을 쓰는 것은 어렸을 적부터 저의 꿈이었습니다.

그 꿈을 말하면 사람들은 저에게 이렇게 되물었지요.

"그래서 무슨 책을 쓰고 싶은데?"

그러면 저는 제가 어렸을 적 좋아하던 책들의 성격을 떠올렸습니다.

바로 '화장실에서 읽기 좋은 책'이었습니다.

저는 왜 이런 책을 좋아했을까요?

화장실에서 읽기 좋은 책의 특징은 다음과 같습니다.

- 아무 페이지나 펼쳐서 읽어도 상관이 없음

- 이해가 쉬움

- (각종 대장 질환을 막기 위해) 글이 너무 길지 않음

그래서 저는 제 책 역시 이 특징을 따르기로 했습니다.

이 책에는 제가 블로그를 운영하며 약 10만 명에 달하는 제

이웃과 나눴던 이야기가 들어 있습니다.

앞서 이야기한 세 가지 특징을 반영해 아무 페이지나 펼쳐서 읽어도 지장이 없도록, 최대한 쉬운 문체로, 한 단락에 할애하는 글의 길이도 그다지 길지 않게 썼습니다.

물론 순서대로 읽어도 아무 문제가 없습니다.

최대한 편한 방식으로 읽어주시기를 바랍니다.

차례

Part 2.

이상한 영화를 끝까지 보는 사람

Part 3.

예미니의 일상

Part 4.

그렇게 후루꾸가 된다

Part 1.

별거 없습니다, 후루꾸입니다

01
블로그의 시작

안녕하세요, 후루꾸입니다.

제가 누구인지 간단히 설명하겠습니다.

저는 1990년생, 그러니까 이 책이 나오는 2025년 기준으로 한국 나이 36세 남성입니다. 어쩌다 보니 그냥저냥 회사에 취업해서 몇 년째 다니고 있습니다.

남들보다 딱히 뛰어난 점은 없습니다. 군인 시절 한 번 골키퍼를 맡았는데 경기가 끝나고 선임이 정중하게 다음부턴 축구를 하지 말아달라고 하더군요.

밖에 나가는 걸 좋아하지도 않습니다. 약속이 있는 날은 그

전날부터 스트레스를 받다가, 혹여나 약속이 취소되기라도 하면 겉으로는 아쉽다고 하면서 속으로는 미소를 짓습니다.

건강하지도 않습니다. 체형은 요즘 3040 아저씨의 전형인 거미형 비만이고 지방간 초기 진단을 받았습니다.

그러니까, 지극히 한국 남성의 평균 혹은 그 이하라고 보시면 됩니다.

그런 네놈이 무슨 자격으로 책을 내느냐고 물으신다면 제가 운영하는 블로그의 이웃 수가 10만이 다 되어가기 때문입니다.

혹시나 서점이나 도서관에서 '블로그'라는 단어를 보고 블로그 이웃 수를 늘리는 방법과 수익화 비결이 궁금해서 이 책을 읽고 있다면 여기까지만 읽어도 됩니다. 이 책에는 그런 내용이 나오지 않기 때문입니다.

저는 고등학교 시절부터, 약 15년 넘게 취미로 소소하게 블로그를 운영해왔습니다. 처음에는 주로 게임 정보나 좋은 음악 같은 걸 올렸습니다.

혹시 박재범 씨가 원래 2PM이었다는 사실을 알고 있나요? 요즘 학생들은 모른다고 하더라고요. 왜 갑자기 박재범 씨 이야기를 하느냐면… 제가 블로그에 어떤 음악을

올렸는데(아마 B.O.B의 ⟨Nothing on You⟩로 기억합니다), 솔로가
된 박재범 씨가 그 노래를 커버해 화제가 되면서 제 블로그에
엄청나게 많은 방문자가 유입된 적이 있었기 때문입니다.
하루 평균 3~5명이 보던 블로그가 한순간에 이웃 수
1000명이 넘는 블로그가 되어버렸습니다.

그래서 그때부터 차츰차츰 글을 쌓아서 지금의 블로그가
되었느냐고요?
아뇨, 저는 그 블로그를 버렸습니다.
이웃이 많으니까 제 이야기를 쓰지 못하겠더라고요.
새로운 계정을 파서 소수와 교류하며 소소한 이야기를 쓰기
시작했습니다.

또다시 몇 년이 흘렀습니다.
고등학생의 일과가 올라오던 제 블로그는 바쁜
대학생이 되며 과제 스크랩이 올라오는 블로그가 되었고,
입대하면서부터는 시간이 남아돌아 온갖 잡생각을 쓰는
블로그가 되었습니다. 군대를 전역하고 복학한 뒤에도
그 관성을 잃지 못해 블로그에 계속해서 짧은 생각이나
아이디어를 올렸지요.

기쁜 일이 생겨도 블로그를 쓰고, 슬픈 일이 생겨도 블로그를 썼습니다. 사실 그 시절에 썼던 글은 남에게 보여주기 위한 것이라기보다는 그냥 제가 나중에 보기 위한 일기에 가까웠습니다.

그렇게 저는 대학교를 졸업하고 취업할 곳을 찾지 못한 채 대학원으로 도피성 진학을 했습니다. 학비는 벌어야 하니 일단 기간제로 취업했습니다. 낮에는 회사를 다니고 저녁에는 수업을 듣고 밤에는 과제를 하고 논문을 썼습니다.

자유 시간은 거의 없었고 엄청나게 스트레스를 받았습니다. 살도 이 시기에 30킬로그램 가까이 쪘습니다. 맞습니다, 인생 최초 키빼몸(키-몸무게) 음수를 달성했던 때입니다.

아이러니하게도 시간이 없던 이 시절, 블로그에는 글을 미친 듯이 썼습니다. 그러니까 저에게 있어 블로그에 글을 쓰는 행위는 빈 시간을 채워 넣는 행위가 아니라 뭔가 짓눌려서 삐져나온 것들을 모아놓는 행위였던 것입니다.

그렇게 대학원을 졸업하고 여러 회사를 떠돌다가 지금 회사에 취업했습니다. 그러면서 생긴 여러 가지 경험이나 생각을 제 블로그에 적어두었지요.

평화롭게 회사에 다니던 중, 회식이 있던 어느 날이었습니다. 동료가 퇴사를 해서 송별회를 하고 있었지요.

메뉴는 오리고기 로스구이였습니다. 맛있었습니다. 저는 평소 하는 일에 비해 다소 많은 오리고기를 먹고 있었습니다.

그런데 갑자기 폰이 울리는 것이 아니겠어요? 서이추(서로 이웃 추가, 일종의 맞팔로우 개념)가 약 여덟 개 정도 오더군요. 하지만 1n년 차 블로거로서 크게 당황하지 않았습니다. 제가 그날 아침에 썼던 글이 라섹 후기였거든요. 이런 글을 한 번 쓰면 검색어에 걸려서 매크로 계정들이 로키산메뚜기마냥 휩쓸고 가기 때문에 나중에 살포시 거절 한 번 눌러주면 되었습니다.

그런데 이게 끝이 아니었습니다. 제가 차고 있던 스마트워치와 핸드폰이 엇박자로 계속해서 울리기 시작했습니다. 그렇습니다. 그것은 매크로가 아니었습니다. 수백 수천 명의 살아 있는 인간들이 제 블로그에 찾아온 것이었습니다.

몇 되지 않는(100명 이하) 이웃 중 한 분이 제가 그날 쓴 글을 좀 재미있게 읽었나 봐요. 그분이 제 글 링크를 본인 트위터에 공유했습니다. 다른 분들도 그 글이 좀 재미있었는지 리트윗이 좀 많이 되었습니다. 제가 당시 트위터를 하지 않아서 정확하게 확인하지는 못했지만 마지막으로 들었을 때 약 4만 알티[RT] 정도였던 것으로 기억합니다. 해당 글이 궁금하신 분을 위해서 이 책에도 실어놓겠습니다.

오리고기를 먹고 있던 제가 당시 무슨 감정이 들었느냐면요, 너무 무서웠습니다.

여태까지 많은 사람이 볼 거라고 상정하지 않고 썼던 이야기들을 지금부터 수천 수만의 불특정 다수가 보는 거잖아요? 일기가 갑자기 잠실 운동장에 공개된다고 생각해보세요.

그래서 저는 덜덜 떨며 화장실에 가서, 일단 개인정보가 섞인 블로그 글들을 모두 비공개로 돌렸습니다.
왜 블로그 자체를 비공개로 돌리거나 그 글을 삭제하지 않았느냐면, 저도 인터넷하다가 "이거 재밌대" 하고 잔뜩 화제된 링크를 클릭했더니 "존재하지 않는 주소입니다"라는 문구가 뜨면 정말 짜증 나거든요? 남들은 이미 실컷 보고 즐겼는데 나만 못 보면 열받잖아요. 그래서 그냥 제가 대승적으로 버텼습니다.

아무튼 굉장히 무서운 상황이었습니다. 모르는 사람들이 내 집에 들어와서 일기를 뒤지면서 "이야, 이거 더 볼 거 없나?" "흠… 이 글은 좀 논란이 되겠는걸?" 같은 말을 하는 기분이었습니다. 냉혹한 인터넷 세상에서는 단어 한 번 잘못 썼다가 나락에 가는 경우가 많잖아요. 괜히 잔뜩 욕만 먹는 게 아닐까 걱정이 되었습니다.

사진을 보면 전체 조회 수가 약 4만 7000회인데 사건 당일

조회 수가 약 2만 3000회로 전체의 절반에 달했습니다. 사실 지금 기준으로는 별것 없는 조회 수일 수도 있는데, 그땐 정말 무서웠습니다.

하지만 울지는 않았습니다. 일단 현실의 저는 퇴사하는 동료의 송별회에 있었기 때문에 거기서 울면 다른 동료들이 좀 오해할 수도 있었습니다.

그리고 전 어른이라 울지 않습니다.

집에 와서 돌이켜보니 이게 사실 좋은 기회일 수도 있다는 생각이 들었습니다.

어쨌든 이 현상은 일시적일 것이고, 이 중 0.1퍼센트라도 내 글을 좋아하는 사람이 있다면 그와 좋은 친구가 될 수도 있을 테니까요. 며칠은 적응하지 못했지만 볼 거면 보고 말 거면 말라는 식으로 계속 글을 썼습니다.

다만 몇 가지 바뀐 것도 있습니다.

첫 번째로 일단 예전처럼 아예 형식 없이 하고 싶은 말만 찍 뱉고 사라지는 글은 잘 쓰지 못했습니다. 아무래도 많은 분이 보고 있으니까요. 일종의 책임감을 느꼈던 것 같습니다.

두 번째로는 현실에서의 (아주 약간의) 변화인데요, 제가 초창기 블로그에 공지사항에 몇 번이나 당부했던 말이 있습니다.

"가족, 친구, 회사 동료 등 현실의 그 누구도 제가 이런 블로그를 한다는 사실을 알지 못합니다. 그리고 저는 블로그 하는 걸 들키기를 싫어해서 그와 관련된 꿈도 꿉니다.
제가 천박한 블로거라는 사실을 들키지 않고 계속 똥글 쓸 수 있도록 여러분의 도움이 필요합니다.
제 개인정보를 추측할 수 있는 글이 나오면 알려주시고, 혹시 저를 눈치채셨어도 모르는 척해주세요."

그러나 저는 1년 정도 뒤에 알게 되었습니다. 저의 몇 안 되는 지인 중 대다수가 제가 블로그를 운영한다는 사실을 알고 있었던 것을요.
예를 들면 이런 일이 있었습니다.

사례 1. 동생을 만나 요즘 있었던 일을 이야기함

나   그래 가지고 내가 포항을 갔는데…

동생   어, 거기서 버섯 탐사했다며.

나　내가 이거 이야기한 적 있었나?

동생　그러게.

사례 2. 친구가 방송 작가인데 새롭게 방송을 런칭해서 "새 프로그램
들어갑니다. 많이 봐주세요"라고 인스타그램 스토리에 올림

나　(30시간 정도 고민하다가 카톡을 한다) 지수야, 내가 블로그 하는데

　그래도 보는 사람이 좀 있거든. 혹시 내 블로그에 올리면 좀 도움이

　될까? (블로그 링크 첨부) 무료로 해줄게.

지수　알아.

나　음?

지수　우리 다 아는데 네가 말하지 말라고 해서 참고 있었어.

사례 3. 새로운 SNS를 체험하고 블로그에 후기를 쓰려고 가입 후 닉네임을
'훈욱군'으로 설정했는데 실수로 연락처 연동을 켜놓음

후배　오빠 동네방네 소문내시면 어떡해요

후배　██선배님
　　　훈욱군

후배　연락처로 친구 확인하기 하면 다 뜬다고요.

나　뭐라고요?

다행히도 제가 주변에 사람을 잘 뒀는지, 다들 의리가

엄청나서 진짜 제가 당부한 대로 모르는 척을 하고 있던
것입니다.

'훈욱군'(후루꾸에서 유래한 가명)을 써도 손바닥으로 하늘을
가릴 수는 없었습니다.

02

블로그에 관한 질문

아무튼 저는 이런 식으로 아는 사람은 아는 블로그를 운영하고 있습니다. 그 후로도 플라잉 요가 후기, 두피 관리 숍 방문 후기, 노동자가 월급 루팡을 하는 것이 아니라 회사가 노동력 루팡을 먼저 했다고 주장하는 글, 주 2일제를 당당하게 주장하는 글 등으로 소소하게 유명해졌습니다.

그래서 지금은 이웃 10만 남짓한 이웃 수를 가진 블로거가 되었는데, 많은 사람이 이런 걸 궁금해합니다.

질문 1. 돈 많이 벌어요?

일단 가장 주요한 블로그 수입원으로 '애드 포스트'가

있습니다. 네이버에서 클릭 수에 따라 지급하는 일종의
광고비인데, 제 블로그 하루 평균 방문자 수가 1만(글 안 올리는
날)~3만(글 올리는 날) 명이거든요. 이 정도면 하루에 얼마 벌
것 같은가요?

생각했나요?
당신이 예상한 것보다 무조건 더 적게 법니다.
정말 깜짝 놀랄 정도로 적은 금액이 나옵니다.
《블로그로 월 n00만 원 벌기》같은 책이나 광고 많잖아요?
사실 제가 그걸 본 적은 없는데, 그분들은 어떻게 하는지
궁금할 정도입니다.
그리고 체험단으로 돈 버는 분도 많은 것 같은데 저는
체험단 열 번 넘게 신청했지만 왜 그런지는 몰라도 다
떨어지더라고요.

조회 수에 비해 돈을 너무 못 버니까 억울하다는 생각을
잠깐 했습니다. 모두의 꿈이 '아무도 나를 모르는데 돈이 많은
사람'인데 저는 '적당히 알려지고 돈은 없는 사람'이 되어버린
것입니다.
그래서 생각한 게 뭐냐면 글 끝에 익명 후원 계좌를 여는

거였습니다. 글 읽고 재밌었으면 돈통에 돈 던지듯이 몇 푼 달라고 했습니다.

수익이 나쁘지 않았습니다.
애드 포스트만 받았을 때는 빈 병 수집해서 파는 정도였다면, 후원 계좌를 열었을 때는 아르바이트하는 정도는 나왔습니다.

그런데 이것도 몇 달 해보니까 할 짓이 못 되더군요.
이웃들이 후원하면서 남기는 멘트가 거의 대부분 "수능 파이팅 해주세요" "취업 응원해주세요" "첫사랑 이루어지게 해주세요" 등이었는데요, 내용으로 짐작하겠지만 저보다 열 살 넘게 어린 분들이 후원했습니다. 물론 당연히 이분들도 알아서 생계에 지장 없는 여윳돈으로 주는 것이겠지만… 어린 학생들의 코 묻은 돈을 받는 것이 너무 비위생적이었습니다.
다시 말하자면 저의 '가오'가 이분들의 돈을 받는 것을 허락하지 않았습니다.

그리고 결정적인 이유가 있었습니다.
글을 쓰고 돈을 받으니까 뭔가 돈값하는 글을 써야 할 것 같았는데 제가 블로그에 쓰는 글 중 그딴 건 없었을뿐더러 글을 쓸 때마다 저도 모르게 '저번 주에 5800원을 받았으니까 그 정도 가치는 되어야 해!'라고 생각했습니다. 다시 말해 돈값하기 싫었습니다.

제가 봐도 제 블로그는 영리 목적으로 쓰기보단 어디까지나 취미로 썼을 때 좀 더 흥미로울 것 같았습니다. 그래서 후원 계좌는 몇 달 하고 닫아버렸습니다.

그런데 몇 달 후에 익명 계좌 시스템이 온라인 범죄에 악용된다며 전부 사라지더군요. 하마터면 추하게 시스템이 삭제돼서 후원 계좌 닫은 사람이 될 뻔했는데 박수 칠 때 잘 떠난 것 같아서 기분이 좋았습니다.

지금은 이웃들 코 묻은 돈 대신 기업들의 돈을 뺏고 있습니다. 다시 말해 광고를 받고 있습니다.

이것도 정말 들으면 놀랄 정도로 적은 광고료로 진행하고 있습니다. 친구한테 광고료를 말해줬더니 미친놈이냐고 하더군요.

왜 이렇게 적게 받느냐면 마찬가지로 돈 때문에 블로그를 쓰고 싶지 않아서입니다. 블로그는 저에게 친구 같은

존재입니다. 그리고 광고 효과가 그렇게 크지 않을 것 같아
미안했습니다.

질문 2. 불편하지 않아요?

전혀 불편하진 않습니다.

신상을 숨기고 활동하니 어디 가서 누가 알아볼 일도
없고, 앞서 말했듯이 블로그로 생계를 해결하고 있지도 않기
때문에 언제 블로그를 닫아도 상관없다는 마인드로 운영하고
있습니다.

언제 닫아도 상관없다니 이웃들이 좀 서운해할 수도
있겠지만… 쓰는 사람이 편해야 보는 사람도 편하다고
생각합니다.

다 이웃들을 위한 거라고 보면 되겠습니다.

질문 3. 매일 글 쓰는 게 귀찮지 않아요?

저는 블로그를 쓰는 행위 자체가 재미있어서 즐기고
있습니다. 그래서 아직은 전혀 귀찮지 않습니다.

블로그로 많은 인연을 만들었고 감사하게도 네이버 블로그
20주년 기념으로 선정한 블로그 피플 20인에도 들었습니다.

이미 지금까지 얻은 것만으로도 능력에 비해 과분한 사랑을 받았다는 생각이 듭니다. 저는 그저 운이 좋아 글 몇 개가 많은 이의 눈에 띈 것일 뿐 전혀 특별한 사람은 아니니까요.

이 글을 읽는 당신도 자신만의 꾸준함과 특별함을 잃지 않기를 바랍니다.

03

라섹 후기

저는 스물한 살에 라섹 수술을 했고, 10년도 넘은 1n년 차 라섹인입니다. 이것이 저의 관록입니다.

각설하고요, 저는 초고도 근시에 난시였습니다.

맨날 밤에 안 자고 책 읽다가 부모님의 불호령이 떨어지면 이불 속에서 책을 읽어 유치원에 들어갈 때부터 안경을 썼지요.

성인이 되자 시력은 마이너스 11이 되었습니다(이게 정확한 수치인진 모르겠음). 두꺼운 렌즈 때문에 눈은 거의 (·_·) 이 수준이 되었고요.

아무튼 '입대하기 전에 라섹을 해야겠다'는 생각으로 이곳저곳을 다녔습니다. 인천과 강남, 잠실 등지를 돌아보았지만 모두 '빠꾸'를 먹었죠. 마이너스 11의 초고도 근시+난시를 수술할 수 있는 병원은 당시에 없었습니다.

딱 하나, 다섯 번째로 간 병원만 빼고요.

그곳에서는 검안사가 검사를 하더니 제가 병원 개설 이후 가장 크고 두꺼운 각막을 가지고 있다며, 이 정도면 깎아내기 충분하다는 진단을 했습니다.

다른 곳도 클 것 같다는 성희롱을 들었지만 첫째, 어느 정도 사실이고 둘째, 당시 시대 배경을 고려하여 참았습니다.

그러고는 스벤 리라는 독일에서 유학했다는 의사 선생님이자 시력 교정계의 다크 나이트가 나와 설명했습니다.

ASA 라섹이라면 가능합니다. 저는 독일에서 유학했고요. ASA 라섹은

세계 최고 독일의 기술력입니다. 이 수술 제가 집도하겠습니다. 저는

독일에서 유학한 스벤 리입니다. 감사합니다.

- 스벤 리-

저와 어머니는 믿음직한 그의 말에 매료되었고 부작용에

대한 설명을 들은 후 수술에 임하였습니다. 제가 극 '쫄보'다 보니 수술 중 눈동자를 너무 움직여서 선생님이 놀라 육성으로 욕(ㅏ ㅅ ㅂ 미치겠다)을 하기도 했지만요.

라섹 수술을 한다면 수술하기 전에 '나는 독립투사다' 마인드 컨트롤 빡세게 하고 들어가길 바랍니다. 아프진 않은데 정신적으로 힘듭니다.

수술이 끝났습니다. 식은땀에 젖은 선생님은 보람찬 얼굴로 그래도 수술이 잘되었다고 말했습니다.

저는 3주 후 그대로 군에 입대했고 첫 신병 휴가에 그 안과를 가서 사후관리를 받았습니다. 머리 빡빡 깎고 병원 들어가니 간호사님들이 이런 사람 첨 본다는 표정으로 "군 생활 파이팅" 해주던 기억이 나네요.

아무튼 경과는 좋았습니다. 시력은 1.2 정도가 되었고요(현재 1.0). 다른 병원에 갈 일이 있었는데, 거기서 처음에 제가 라섹한 걸 모르더라고요. 그래서 "저 라섹했어요"라고 했더니 의사가 깜짝 놀라서는 이렇게 말했습니다.

"진짜 라섹을 하신 거라고요? 이게요…. 수술이 정말…
정말 잘됐네요…. 수술이 정말 잘됐습니다."

그러고도 넋이 나가서 "수술이 정말 잘됐네…"만
중얼거렸을 정도로 결과가 좋았습니다.

라섹의 부작용은 이런 것들이 있습니다.

1. 빛 번짐: 초고도 근시는 공감할 텐데요, 어차피 안경 써도 빛 번집니다.
   전 빛 번짐 없는 세상이 뭔지 기억도 안 나서 딱히 부작용으로 느껴지지
   않습니다.
2. 안구건조증: 전 피지 분비가 왕성해서 딱히 느껴지지 않습니다.
3. 피곤함: 눈이 쉽게 피로해지고, 그러면 시력이 급격히 떨어지는 증상이
   있습니다.
4. 난시 재발: 어차피 어떤 시력 교정으로도 난시를 완치할 수는 없다고
   합니다. 난시만 덩그러니 재발하니 안경이나 렌즈 끼기는 애매하고
   그래서 책을 안 읽게 되더라고요. 책 안 읽으니까 시력이 안 떨어져서
   오히려 좋았습니다.

아무튼 꽤 만족하며 생활하고 있었는데, 어느 날

텔레비전에 저의 영웅 스벤 리 선생님이 나왔습니다.

저는 오랜만에 보는 얼굴이 반가웠으나 기쁨도 잠시. 텔레비전 속 스벤 리 선생님은 라식의 부작용을 다루는 다큐멘터리에서 이렇게 말했습니다.

> 라식/라섹 하면 각막 분리되고요, 부작용 평생 갑니다. 제가 환자고 정확히 부작용을 안다면 수술 안 하고요. 저는 스벤 리입니다. 독일에서 유학했답니다. 감사합니다.
>
> -스벤 리-

라섹 전도사였던 그가 2차 전직을 했는지 라섹 사냥꾼이 된 것입니다. 그리고 그는 독일에서 박사학위를 딴 것은 맞지만 안과 전문의는 아니라고 합니다. 그렇다면 제가 받은 게 엄연히 따지면 불법 시술이었다는 것일까요?

저에게 새로운 눈을 가져다주곤 어느 날 홀연히 저를 떠나버린 스벤 리 박사님…. 아무튼 저는 스벤 리 박사님을 아직 지지합니다. 결과가 좋았으니까요.

후일담 *2022년 8월 30일에 블로그에 쓴 글입니다. 블로그에 있는 원본 글은 각종 짤방과 스벤 리 선생님의 당당한 프로필*

사진이 들어가 있는데 책에는 저작권이나 초상권 문제가 있어 싣지 못하는 게 아쉽습니다. 제 블로그에서 꽤 화제가 되었던 글 중 하나인데 댓글에서 스벤 리 선생님을 만났던 수술 동기들이 엄청나게 많이 모여서 반가웠습니다.

현재 제가 가장 궁금한 것은 '과연 스벤 리 선생님도 이 글을 봤을까?'입니다. 그리고 봤다면 이 글에 분노했을까요, 아니면 기뻐했을까요? .

04

플라잉 요가 후기

때는 찬바람이 본격적으로 불기 시작하던 12월.

저에게는 블로그로 생긴 친구가 몇 있는데, 그중 한 친구가 뜬금없이 플라잉 요가 원데이 클래스를 체험해보자고 했습니다.

저는 사실 플라잉 요가에 대해 딱 두 가지 정보밖에 없었습니다.

첫째, 사람들이(주로 인생 열심히 사는 사람들) 인스타그램에 올린 거 본 적 있음.

둘째, 스트리머 공혁준 씨가 이거 했는데 천장 안 무너짐.

그중 저의 욕구를 강하게 자극한 것은 두 번째 정보였는데요, 저는 규격 외로 크고, 규격 외로 유연하지 않은 몸을 가졌기 때문에 어떤 운동을 하건 '나의 체형과 맞는가?'가 중요한 고려 요소입니다.

사실 전 플라잉 요가를 제가 할 수 있는 운동이라고 생각해본 적이 아예 없었습니다. 제가 저런 천에 매달릴 수 있다니 언감생심 상상도 할 수 없는 일이었습니다. 딱 천에 앉자마자 부와악 하고 찢어져서 바로 셀프 보디 슬램 당하고 그대로 생을 마감하는 그림(사인: 플라잉 요가 도전)이 그려지는데, 저는 망상력이 뛰어난 편이라서 감히 시도조차 하지 않았지요.

그런데 알아보니 플라잉 요가의 해먹은 의외로 강해 500킬로그램까지 하중을 감당할 수 있으며 (선생님 피셜) 심지어 코끼리가 올라타도 찢어지지 않는 내구성을 가지고 있다고 했습니다. '나도 한번 해볼까?'라는 생각이 강하게 들었습니다.

또한 당시 저는 몸과 마음이 매우 지쳐 있었는데요, 물론 지치지 않은 상태를 찾기가 더 힘들었지만 아무튼 심신의 안정이 필요했고 '플라잉 요가=힐링'이라는 느낌이 있어서 홀린 듯 클래스를 신청했습니다.

당일이 되었습니다.

막상 출발 전에는 별생각 없었는데 플라잉 요가 시간이 다가오면 다가올수록 점점 떨리는 것이 아니겠습니까?

'바지가 벗겨진 채로 대롱대롱 매달려 있으면 어떡하지?' '방귀 뀌면 어떡하지?'라는 온갖 수치스러운 생각들이 뇌를 지배하기 시작했으나 새해를 맞아 34세가 된 마당에 언제까지 하기 싫다고 도망치면서 살 수는 없지 않습니까?

떨리는 다리를 붙잡고 이수역으로 향했습니다.

센터에는 총 아홉 명이 있었습니다. 몇 번 본 분도 있었고 처음 만나는 분도 있더군요.

하지만 어색할 틈이 없었습니다. 선생님이 앞에 서더니 기본적인 동작을 가르쳐주었습니다. 그리고 놀랍게도 몸풀기 같은 것 하나 없이 바로 해먹 펼치는 법을 알려주고 몸을 빙글 돌려 거꾸로 매달리기 자세를 취하라고 하는 겁니다.

그런데 신기한 건 그게 다 됨.

제가 뒤집어져 있는데 뒤에서 웃음을 참는 소리가 들리지 않겠습니까? 그것도 한 두세 명이 동시에 웃었습니다. 알고 보니 저를 보고 웃는 거였어요.

그중 한 명은 매달린 자세에서
바닥에서 핸드폰을 집더니(대단함)
"와, 진짜 웃기다"라는 말과 함께
저를 촬영하기 시작했습니다.
그렇게 찍힌 사진은 바로 이
사진이었습니다. 친절하게 누끼까지
따줬더라고요(고맙습니다!!!).
영화 〈스파이더맨 뉴 유니버스〉를
보면 각종 평행세계의 다양한
스파이더맨이 나오잖아요.
그중 똥꼬에서 거미줄을 쏘는…
스파이더맨 사이에서도 왕따를
당하는 스파이더맨 같아요.

사진을 회전시켜서 보니까 약간 산책하는 강아지 같기도
하네요.
아무튼 뭔 자세라고 하더라? 인버스 자세? 리버스 자세?
그런 자세였는데 다들 이걸 매우 힘들어하더라고요. 전날

술 먹고 온 사람들은 막 토하려고 했습니다. 하지만 저는
평소 집에서도 화나면 물구나무를 서기 때문에 사실 굉장히
편했습니다.

　　그런데 다른 자세가 시작되고서는 저를 포함한 사람들의
웃음기가 싹 사라졌습니다. 왜냐, 진짜 힘들었기 때문입니다.
　　저는 특히 두 손으로 땅을 짚고 다리를 브이 자로 벌려
발목으로 해먹을 감아올리는 자세가 제일 힘들었습니다.
물리적 거세를 당하는 느낌이었기 때문입니다.
　　그리고 또 다른 힘든 게 있었는데요, 제 앞에 있는
사람(오늘 처음 본 분)이 자꾸 해먹에 지배당하는 것처럼
흐느적대서 갑자기 웃음을 참을 수 없는 상태가 되었습니다.
그래서 그분이 해먹에 대롱대롱 매달려 있을 때 "괜찮으세요?
ㅋㅋㅋ"라고 겨우겨우 웃음을 참으면서 말을 걸다 보니 너무

배에 힘이 들어가서 정적인 동작을 하는데도 땀이 계속 나는 겁니다.

그런데 그분이 다음 동작을 하다가 발로 제 머리를 두 번 정도 빡 찼습니다. 제 머리에 땀이 묻었는지 "아! 왜 이렇게 머리가 축축해요?"라고 꼽을 주더라고요.

매우 분했지만 제가 먼저 보고 웃었으니까 봐줬습니다.

한바탕 힘든 자세 후에 약 5분간 해먹을 펼치고 누워서 명상을 했습니다.

사실 저는 이때 그다지 편안하지는 않았습니다. 다리가 해먹 밖으로 나왔거든요. 원장님이 보고 당황하더라고요. 그래도 나름 공중에서 흔들흔들하니 안정적이고 좋았습니다. 깜빡 잠들 뻔했습니다.

아무튼 이런 식으로 플라잉 요가 체험을 해보았습니다. 제가 생각한 플라잉 요가의 장단점은 이렇습니다.

플라잉 요가 장점

- 생각보다 어렵지 않음. 힘이 약해도, 유연성이 떨어져도 고관절, 어깨

등이 쭉쭉 벌어지는 느낌.

- 은근히 운동이 된다. 초보도 사진을 찍어 올릴 수 있을 정도로.

- 시각적으로 보기가 좋다.

- 해먹을 사용해서 특정 부위 근육이 정확히 자극된다.

- 재밌음.

플라잉 요가 단점

- 가격이 꽤 부담된다(체험은 1인당 4만 원).

- 관절이 약하면 위험할지도.

- 정적인 운동이라 신나게 하고 싶은 사람들은 무리.

- 맨몸 운동 이상의 근력 증대 효과를 기대하긴 힘들다.

약 6개월 만에 운동이란 걸 해봐서 너무너무
힘들더라고요. 아직도 팔다리가 아프고 엉덩이가 아픕니다.

그래도 '한 번 더 해볼 거냐?'라는 질문에는 '예스'라고
대답하고 싶습니다. 상당히 이색적이고 재미있었어요.

아힘들어.

2023년 1월 9일에 블로그에 썼던 글입니다. 제가 블로그에 올린 글 중 가장 조회 수가 높은 글인데요, 인스타그램 불펌 계정에서 가장 많이 퍼간 글이기 때문입니다.

왜 많고 많은 글 중 이 글인가를 생각해보면 아무래도 사진이 그냥 원초적으로 웃겨서 그런 것 같아요. 불펌 계정에 올라왔다 보니 이 글 전체가 보고 싶어 제 블로그에 들어오는 분들은 잘린 글 내용을 직접 네이버에 검색해서 방문하는 경우가 많습니다.

이렇게요.

#왕따 당하는 스파이더맨

#그것도 한 두세 명이 동시에 웃음

#바로 해먹 펼치는 법 가르쳐주더니

#친절하게 누끼까지 따줬더라고요

#플라잉요가 존나

05

기인열전

살다가 만난 특이한 사람들에 대해 소개해보려고 합니다.
워낙 이상한 사람들을 많이 만났는데, 그중에서도 좀 임팩트
있는 사람으로만 추려보았습니다. 등장인물은 모두 가명이며,
조금의 과장이나 보탬도 없음을 맹세합니다.

첫 번째는 원터치의 신과 터미 선생님입니다.
그의 이름은 김형태. 아버지가 복싱장 관장이고,
까무잡잡한 피부에 곱슬머리, 키는 크지 않았지만 매우
다부진 몸을 가지고 있었습니다.
그리고 항상 진지한 표정에 감정의 동요가 없었지요. 제

생각엔 만화 《베르세르크》의 가츠가 형태를 보고 디자인된
것은 아닌가 싶습니다.

무엇보다 대단한 점은 그는 중학생인데 이미 근육이
있었다는 것입니다. 당시 중학생에게 근육이 있다는 것은
그가 곧 세계관 최강자라는 말이었습니다.

형태는 워낙에 힘이 막강했지요….

당시 저희 사이에서는 '원터치'라는 싸움이 유행했습니다.
두 사람이 번갈아 한 대씩 서로를 때리는 싸움이었는데,
중간에 한 명이 포기하거나 쓰러질 때까지 끝나지
않았습니다.
그런데 이런 원터치는 당연히 저 같은 찐따들이 향유하는
문화는 아니었습니다. 원터치는 일종의 대체 전쟁으로
사용되었습니다. 학교 간 패싸움을 하면 전력 손실이 크니
영화 〈엔더스 게임〉처럼 각 학교 대표가 나와 원터치로 승패를
결정짓는 싸움을 진행하곤 했지요.

보통 각 학교 대표는 일진 중에서도 2짱 내지는 3짱이

나오는 것이 일반적이었으나(1짱은 나오지 않습니다. 1짱이
진다면 그건 외교적으로 심각한 문제가 되기 때문에), 형태는 일진
무리에 속하지 않았음에도 불구하고 이런 싸움이 있을 때마다
항상 원터치 용병으로 기용되곤 했습니다.

일진들이 와서 형태의 어깨를 주무르며 "형태야, 이번
주말에 ○○중학교랑 원터치하는데 좀 도와줘라" 하면 형태는
진지한 얼굴로 "…강해?"라고 묻곤 했습니다.

그렇습니다. 형태는 역사 속 바이킹처럼 영광스러운
싸움을 찾아 나서는 사람이었던 것입니다.

형태의 주먹을 두 대 맞아본 사람은 없었습니다. 모두 한 대
맞고 쓰러져 전투 불능 상태가 되었기 때문입니다.

그렇지만 형태는 평소에는 싸움을 절대 하지 않았고
약한 애들도 괴롭히지 않았습니다. 그래서 '터미'라는
별명을 가진 학생 주임 선생님도 형태에게는 아무 말
하지 않았습니다. 터미는 터미네이터의 줄임말로, 그는
별명대로 아놀드 슈왈제네거를 닮은 외모와 체형을 가진
기술가정 선생님이었습니다. 그의 관심사는 수업 따위가
아니라 불량 학생을 쥐어패서 갱생시키는 것으로, 허세인지
진심인지 모르겠으나 전설의 '인천 운봉공업고등학교'로

전근을 희망했는데 묵살되고 하필 우리 중학교로 배정이
되었다고 합니다. 하지만 운봉공고에 갔어도 아무 의미가
없었을 것입니다. 운봉공고 양아치는 어차피 등교를 안
하기 때문입니다. 가정 방문으로 체벌을 할 수는 없는 노릇
아니겠습니까?

아무튼 터미 선생님에게 걸리면 끝장이었습니다.
저도 딱 한 번 터미 선생님에게 맞아본 적이 있습니다.
학교에서 고스톱 치다가 걸려서 맞았는데요, 터미 선생님은
'교직 생활 20년 하면서 내 앞에서 고스톱 치는 놈은 처음
본다'며 평소 행실을 봐서 딱 세 대만 때린다고 했습니다(저는
선생님들의 컴퓨터를 잘 고쳐줘서 인기가 많았습니다).
그는 자신의 무기이자 너무 자주 부러져서 계속 새
걸로 교체하는 긴 나무 봉으로 제 엉덩이를 정확히 세 대
가격했습니다. '퍽퍽퍽'이 아니라 '쾅쾅쾅' 소리가 났으며,
저는 2주 동안 방석 없이는 의자에 앉지 못했습니다.

두 번째는 야마카시(파쿠르) 동아리입니다. 저는
민주선이라는 친구와 고1, 고3 때 같은 반이었는데 그는
최고 미친놈으로 모두의 존경을 받고 있었습니다(남자 무리

특징: 미친 짓하면 존경받음). 그의 필살기는 세탁소 홍보용 마그넷을 교실의 맨 뒷자리에서 칠판까지 날려서 붙여버리는 기술이었습니다.

아무튼 고3이 된 주선이는 스트레스에 더욱 미쳤는지 갑자기 학교 벽을 타고 오르기 시작했습니다.

1층에서부터 샤샤샥 올라가기 시작한 주선이. 학생 주임 선생님이 밑에서 그를 발견하고 "미친놈아 내려와! 아이고 저 새끼 뭐 하냐!"라고 소리를 질렀지만 그건 그에게 자랑스러운 훈장 같은 것이었습니다.

학생 수십 명과 선생님이 지켜보는 가운데 3층 교실까지 벽 타고 들어가기에 성공한 주선이. 그는 이후 야마카시 동아리를 만들겠다는 뜻을 밝혔습니다. 당연한 말이지만 공식 동아리로 인가될 리 없으니 애초에 시작부터 비공식 동아리로 만들기로 했습니다.

저와 주선이는 쉬는 시간마다 1학년 교실이 있는 1층을 순회하며 "야마카시 동아리 들어오세요!"라는 말과 함께 앞문을 열고 들어가서 책상 몇 개를 뛰어넘은 후에 그대로 창문 열고 뛰어내리기를 반복했는데 (가끔 1학년 애들이 '우아' 하면서 삘하게 박수해줌) 일주일 해도 아무도 동아리에 들어온다는 사람이 없어서 그만뒀습니다.

세 번째는 시대의 부랑자이자 강춘식이라는 촌스러운 이름을 가진 대학 동기입니다.

그는 의외로 서울 토박이였습니다. 입학 첫날 선배들과의 술자리에서 '나는 참이슬 빨간 병 아니면 안 먹는다', '선배는 신발이 구리다'라는 파격적 발언으로 지난 5년간 사라졌던 대면식을 부활시켰습니다.

저희 과에서 대면식이란 단어는 그냥 새내기들 모아놓고 술을 먹이면서 너희들이 얼마나 한심한 인간인지 그 잘못을 성토하는 의식을 일컬었는데, 그걸 알 바가 없었습니다. 그래서 다들 대면식 하러 간다고 우르르 몰려가길래 "저 술 마시면 속 쓰린데 딸기 우유 사 먹어도 돼요?"라는 눈치 없는 발언으로 저는 빈축을 사게 되었습니다. 당시 엄청 착했던 누나가 눈을 흘기며 "지금 그 얘기를 꼭 해야 했니?"라는 말을 한 것이 아직도 기억에 남습니다.

오늘 혼나는 날이라고 미리 말해주든가….

춘식이는 지나치게 솔직한 성격으로 호불호가 갈렸으나 일단 모든 술자리에 안 빠지는 '초인싸'였기에 점차 그를 좋아하는 사람들이 많아졌습니다. 특히 형들이랑 일부 누나들이 그를 아주 좋아했는데요, 그는 절대 빠지지 않았기 때문입니다. 그때부터 지금까지 일주일에 4일 이상 술을 먹는 것으로 알고 있습니다.

20대 초반 시절 저는 그가 술을 먹다 30세 전에 어디선가 비명횡사할 거라고 예상했으나 춘식이는 지금 이 순간에도 건강하게 살아서 어디선가 술을 마시고 있습니다.

춘식이의 또 다른 특징은 자기 마음에 안 드는 사람은 그냥 팬다는 것입니다. 특히 좀 지질한 남자 후배를 진짜 싫어했는데, 그래서 여자 후배들에게 인기가 많았습니다. 보통 그런 남자 후배들은 여자 후배들한테 눈치 없이 계속 연락을 해댔기 때문입니다.

좀 잘해주면 집 앞 찾아가고 그런 애들 있잖아요? 춘식이는 그런 애들을 불러다 그냥 패버렸습니다. 걔가 여자를 괴롭혀서가 아니라 그냥 자기 맘에 안 들어서 팼습니다.

그는 좋고 싫음에 따로 이유를 찾아가며 자신을

설득하려 하지 않았습니다. 그냥 좋으면 좋고 싫으면 싫은 사람이었습니다.

그리고 좋아하는 사람은 캘린더에 생일까지 기록하면서 챙겨주고, 싫어하는 사람은 그냥 불러다 역시나 패버렸습니다.

다행인 것은 저는 그가 좋아하는 인간에 들어가 있어서 아직 안 맞았다는 것입니다.

그리고 제가 술자리를 안 가봐서 잘 모르는데, 춘식이는 술 먹을 때 시비가 그렇게 많이 걸린다고 합니다. 아마 누군가 시비 거는 것을 피하지 않기 때문일 것입니다.

그는 경찰서에는 여러 번 가봤지만 아직 감옥에는 가지 않았다고 합니다. 저는 항상 그를 보며 느낍니다. 감옥에 들어가는 것은 정말 어렵구나…. 저렇게 살아도 감옥에 안 가는데 도대체 감옥이란 곳은 어떻게 해야 가는 곳일까요?

아무튼 그는 대학 졸업 후 중견 여성 의류 회사에 들어가며 신의 지위를 갖게 되었습니다. B급 상품을 거의 거저나 다름없는 가격으로 구매할 수 있는 재고 처리 행사를 간간이 알려주었기 때문입니다. 여자 동기들은 그날만 되면 휴가

쓰고 거기로 득달같이 달려갔습니다.

처음에 춘식이는 적당히 사라고만 하다가 누군가 카니발을 꽉 채울 정도로 옷을 털어가고 회사 사람들이 "저 여자들은 뭐지?"라고 하는 말을 들은 뒤로 행사 정보를 더 이상 풀지 않게 되었습니다.

가끔 저에게는 박스를 꽉 채운 여성 의류와 생필품(아마 회사 돈 횡령해서 산 것 같음)을 보내주는 고마운 친구입니다.

그가 감옥에 최대한 늦게 갔으면 하는 바람입니다.

06

훈련소에서 항문 검사받은 이야기

때는 제가 공군 훈련소에 들어간 2011년입니다.

저는 운이 좋아 훈련소 생활을 매우 순탄하게 보내고 있었습니다. 얼마나 훈련소 생활을 순탄하게 보냈느냐면 주로 기억나는 것으로는요.

일단 저는 라섹을 하고 바로 군대에 갔기 때문에 화생방을 하지 않았습니다.

밖에서 그냥 동기들 고통받는 걸 지켜보는데, 누군가 "방독면의 소중함을 깨달아라"라고 하더군요. 방독면의 소중함은 모르겠고 눈물 콧물을 허공에 흩뿌리는 동기들을 보며 "나만 아니면 돼"를 외쳤습니다.

또 흙으로 된 연병장에서 훈련하는데 갑자기 모래바람이 사방팔방 날리자 교관이 "이거 너희 눈에 들어가면 눈 나빠져…"라며 그날 아무런 훈련을 안 했습니다.

어느 날은 갑자기 이슬비가 내려서 기온이 확 떨어지자 대대장이 "너희 감기나 천식 걸리면 집에 계신 부모님이 슬퍼하신다…"라며 훈련을 안 했습니다.

수련회보다 못한 훈련소를 겪으며 훈련병인 저희끼리도 '이게 대체 뭔가' 싶었습니다(아마도 저희 기수 중 높으신 분의 아들이 있지 않았을까 상상해봅니다). 이건 제가 굉장히 운이 좋은 것이니 제 이야기만 듣고 군대를 너무 일반화하면 안 됩니다.

아무튼 이런 무난한 훈련소 생활 중 가장 힘들었던 일은 무엇인고 하니 그것은 바로 신체 검사였습니다.

당시 공군 신체 검사는 독특하기로 유명했습니다.

항문 검사를 시행한다는 말이 있었기 때문입니다.

당시 입대 예정자들은 다들 이 이야기가 현역이 미필을 놀리려고 지어낸 것인 줄 알았습니다. 그때 기준으로도

최소 10년 전에 없어진 장병 대상 항문 검사를 왜 공군에서
시행하겠습니까?

아무튼 항문 검사를 한다, 안 한다는 훈련병 사이에서
초유의 관심사였습니다.

마침내 신체 검사 날이 다가왔습니다.

100명이 넘는 훈련병이 신체 검사장으로 이동해 시력
검사, 체중 측정, 소변 검사 등을 하나하나 진행했습니다.

갑자기 신체 검사장에 처음 보는 의무병 세 명 정도가
들어왔습니다. 그런데 그 세 명은 제가 훈련소에서 만난
사람들 중 가장 화가 나 있었습니다. 심지어 조교들보다도
더 강압적이었습니다. 딱히 훈련소에서 다정다감한 응대를
바라지는 않았지만, 그들은 그냥 대뜸 화를 내더군요.

"야, 이 새끼들아 조용히 해."

'아무도 떠들지 않았는데 조용히 시키기'라는 기선 제압
스킬을 시전하며 들어온 그들은 똥 씹은 얼굴로 말했습니다.

"지금부터 항문 검사 실시한다. 다들 반대쪽으로 돌아서

속옷까지 내리고 고개 숙여."

훈련병들은 소문으로만 듣던 항문 검사가 실존한다는
사실에 절망해 한숨을 푹 쉬었습니다. 그리고 쉽사리 바지를
벗지 못했습니다. 누구에게 똥꼬를 보여주는 일이 흔치 않은
경험인 만큼 대부분이 주저했습니다.

그러자 의무병 대표가 화가 나 소리를 질렀습니다.

"야 이 새끼들아, 너희들만 힘들어? 우리가 제일 힘들어!
빨리 바지 벗어, 이 개새끼들아!"

그렇습니다….

모르는 사람한테 똥꼬 보여주기 대 모르는 사람 똥꼬
100개 보기.

누가 봐도 후자가 더 고통스러운 경험이 아닐까요?

화내고 있는 이들도 결국 징병의 피해자일 뿐….

그 일갈을 듣고 우리는 군말 없이 바지를 벗고
엎드렸습니다. 100명에 이르는 사람들이 일렬로 엉덩이를
까고 늘어선 모습은 마치 약과 테두리 부분을 보는 듯했습니다.

　아무튼 검사 자체는 금방금방 지나갔습니다. 훈련병이
일렬로 늘어서 있으면 의무병이 한 명당 몇 초 이내로
확인하고는 "됐어. 바지 입어"라고 말하고 지나가는
방식이었습니다.

　의무병도 이 상황이 괴로운 것인지 아니면 그냥
스트레스를 해소하려는 것인지 조금이라도 바지를 늦게
올리면 "빨리 입어, 씨발!" 하며 바로 악마에 빙의해 소리를
질렀고 조교 그 이상의 포스를 보여주었습니다.

　그렇게 제 차례가 점점 다가오고 있었는데요, 저는 뭔가
묘한 기시감을 느꼈습니다. 의무병의 목소리와 말투가 어디서
들어본 것 같았기 때문이었죠.

　저는 고개를 살짝 돌려 제 쪽으로 다가오는 의무병의
명찰을 확인했습니다.

　그렇습니다.

그는 중학교 1학년 때 같은 반 친구였습니다.

그의 얼굴, 말투 모든 것에 중학교 시절의 흔적이 남아 있었습니다. 결정적으로 그 친구의 이름이 '김판집' 같은 굉장히 특이한 어감이었기 때문에 저는 확신을 가지고 그 의무병이 저의 애스홀^{asshole}을 확인하는 순간 조심스럽게 말을 걸었습니다.

"혹시… ○○중 나오셨습니까?"

의무병은 짜증이 관성이 돼 약간 스트레스 섞인 목소리로 대답했습니다.

"○○중? 어, 맞는데 왜?"

"혹시 1학년 1반 아니셨습니까?"

"그것도 맞는데?"

"판집아, 너 1학년 때 시력 좋아지는 학원 다니고 나랑 배드민턴 치러 다녔잖아."

"설마 김훈욱? 야, 반갑다. 얼마 만이냐? 와, 여기서 만나네!"

"그러게, 세상 참 좁다…."

"어, 그런데 일단 바지 좀 입어줘. 이따 다시 이야기하자."

그리고 그 의무병, 아니 판집이(가명입니다)는 바로
뒷사람을 검사하러 가버렸습니다.

검사는 그렇게 폭풍과도 같이 금방 끝났습니다.
군대에서, 그것도 항문 검사 중에 중학교 동창을 만나다니
참 신기한 일이라며 곱씹고 있는데 갑자기 돌아가지 않은
판집이가 훈련병들에게 소리쳤습니다.

"121번. 나와."

121번은 저였단 말이죠?

"네! 121번 훈련병 김훈욱!"

저는 무슨 문제가 있나 싶어 바로 앞으로 튀어 나갔습니다.

"따라와."

그는 오늘 중 가장 화난 표정으로 저를 밖으로 데리고
나갔습니다. 그리고 복도를 지나 어떤 어두운 방으로
향했습니다. 그 방의 탁자에는 간식 배급이 아예 안 되는
훈련소에서 절대 먹을 수 없는 과자들이 수십 종류 쌓여
있었습니다.

판집이가 아까와는 전혀 다른 웃는 얼굴로 저에게
말했습니다.

"훈욱아, 빨리 먹어. 훈련소라 과자 먹고 싶지? 그리고 아까
애들 있어서 화난 척했어. 미안….."

저는 "나이스"를 외치며 바로 과자를 먹기 시작했습니다.
한 3분 동안 아무 말 없이 먹다가, 아무래도 친구를 몇 년
만에 봤는데 과자만 '먹튀'하는 게 좀 그래서 근황을 물어보려
했습니다. 그러자 판집이가 말했습니다.

"말 안 해도 되니까 빨리 먹어. 시간 없다."

그게 제가 판집이와 나눈 대화의 전부입니다. 그 외에는
5분 동안 과자만 먹다가 다시 돌아갔습니다. 연락은 나중에

인터넷 편지로 했습니다.

아무튼 훈련소에서 그런 소소한 행운이 있었지요.

하지만 저는 5분 동안 과자 먹은 것 치고는 좀 큰 대가를
치르게 되는데요,

항문 검사 후 혼자 불려 나간 것 때문에 훈련소에 있는 내내
항문에 이상이 있는 것 아니냐는 오명을 썼습니다.

후일담 잊을 만하면 어디 커뮤니티 같은 곳에서 보고 왔다는
댓글이 달리는 글입니다. 엉덩이를 보여주고 과자를
얻어먹었다고 이야기를 오해하는 분들도 있는데
저는 아직도 판집이와의 재회를 기다리고 있습니다.
판집아, 이 글 보면 연락 한 번 다오.

07

회사에 관한 짧은 생각

1. 월급 루팡

사실 저는 '월루'(월급 루팡)를 하는 것이 아닙니다.

회사에서 먼저 저에게 '노루'(노동력 루팡)를 했기 때문에 일종의 경제 보복을 시행하는 중입니다.

그리고 월급 루팡이라는 표현을 과연 써도 될까요?

아르센 뤼팽이 누구입니까. 창작물 속 최고의 괴도 아닙니까?

한 시간을 풀로 횡령해도 1만 원대밖에 훔칠 수 없는 저에게 그런 대도의 이름은 어울리지 않습니다.

'월급 좀도둑' '월급 생계형 범죄자'라고 불러주십시오.

2. 주 2일제

요즘 주 4일제에 대한 목소리가 크죠?

저는 당당하게 주 2일제를 주장하는 바입니다.

무슨 전당포에서 협상하듯 주 2일제 주장해서 주 4일제를 따내려는 전략이 아니고요.

진짜 진지하게 주 2일제 주장합니다.

여기까지 읽으면 '그래도 주 2일제는 오버 아닌가?'라고 생각하는 분들이 있을 텐데요,

사측이세요?

노측이면 주 2일제 동의 부탁드립니다.

3. 업무가 숏폼이다

요즘 회사에 전반적으로 사람이 줄어서 그런지 맡은 업무가 다양해지면서 좀 정신이 없습니다.

저의 회사 일과를 대충 말해보자면…

타 팀에서 옛날 자료 좀 보내달라고 해서 찾는 중에 갑자기 카톡으로 또 다른 직원이 '○○ 기준 최대 700만 원 맞냐'고 해서 확인하려고 메일함에 들어가는 순간 새 메일로 '자료 하나 작성해서 빠르게 회신해줄 수 있냐'고 해서 확인하려고 자료를 열어보는 순간 파트장님이 '청기를 지금 당장 올려야

한다'고 말해서 청기는 창고에 있기 때문에 청기를 올리려고 창고로 향해서 창고 비밀번호를 누르는 순간 갑자기 핸드폰이 울리더니 '사실 청기를 올리는 것이 아닌 백기를 내려야 한다'고 해서 백기는 창고가 아닌 지하실에 있기 때문에 다시 지하실로 가서 백기를 집어 드는 순간 2시부터 교육을 들었어야 했다는 걸 깨달아서 온라인 교육에 접속하기 위해 다시 메일함에 들어가려고 하는 순간 새 메일로 '×× 지출결의 해달라'는 내용이 오는데…

이게 약 15분간 일어나는 일입니다.

엄살 아니고 진짜입니다.

숏폼 보면 뇌가 썩는다는데 다른 게 숏폼이 아니라 회사 일이 숏폼입니다.

후일담 아무래도 저도 회사에 다니다 보니, 블로그 글에 대부분 회사 이야기가 들어갑니다. 문제는 이런 징징 글을 보신 몇몇 분들이 제가 정말 이런 주장을 진지하게 하는 미친놈인 줄 오해하고 있다는 것입니다. 일은 성실히 하고 있으니 오해하지 말아주세요.

08

의사에게 혼난 이야기

저는 간지럼을 심하게 탑니다.

예전에 베트남 여행에서 마사지 숍에 갔는데 마사지사가
몸에 손을 댈 때마다 "우캬캬캬캬캬캭 스톱… 스톱 플리즈!"를
외쳐서 한 시간 동안 아무것도 하지 못했습니다.

그러자 더 고참으로 보이는, 혼자 다른 색 옷을 입으신
분이 들어왔습니다. 그분이 제 몸에 손을 대자마자 전 허리를
새우튀김처럼 꺾으며 "우캬캭ㄴ쿠야후ㅑㅋ햐"를 외쳤고 그냥
마사지 숍에 돈을 기부하고 돌아왔습니다.

간지럼을 태우려는 손길이 근처에 느껴지기만 해도
블루투스로 간지럼을 탑니다.

절정은 입대를 위한 신체 검사 날이었습니다.
의사가 가슴에 청진기를 갖다 댄 순간
"우렘ㄴㅇ럄ㅁㅇ랴ㅜㅑㄴㅍ캬캬캭ㄴ얄캰ㄹ!!!" 하고 온갖
오두방정을 떨었습니다.
그러자 의사가 정색하고 '지금 뭐 하는 거냐'고 저를
훈계했습니다.

저는 유독 의사한테 많이 혼나는데요,
라섹하다가 집중을 못 해서 욕먹은 적 있다는 것은 앞서
이야기했으니 기억할 겁니다.

한번은 집에서 게임을 하다가 기절한 적이 있었습니다.
핵을 사용하는 유저를 이기기 위해 너무 집중한 나머지,
게임이 끝나고 갑자기 세상이 어두워지며 침대에 쓰러져 약
5분 동안 정신을 잃었습니다.

건강 염려증이 있는 저는 혹시 뇌에 큰 데미지가 가해진

것은 아닌가 싶어 그다음 날 병원으로 향했습니다.

훈욱 선생님, 제가 게임을 하다가 잠깐 기절을 했어요.

의사 아이고… 게임을 좀 오래 하셨을까요?

훈욱 두 시간 정도 했습니다.

의사 두 시간이면 오래 하신 건 아닌데… 어떤 종류의 게임일까요?

훈욱 〈배틀 가로세로〉를 했습니다.

의사 ?

훈욱 핵 유저가 있어서 다섯 판 연속으로 졌는데

의사 ?

훈욱 마지막엔 제가 이겼거든요.

의사 게임을 기절할 정도로 하시면 안 됩니다.

훈욱 네.

의사 네.

훈욱 저, 그럼 문제없는 건가요?

의사 네.

실제로 그 후 몇 년이 지나도 저에게 별문제는 없었습니다.

나이를 들어간다는 것

어떨 때 나이를 들어가는 것이 실감 날까요?

몸이 점점 약해지면서? 의외로 아닙니다.

나이를 들어간다는 것은 '카카오톡 의문의 친구 현상'으로 체감할 수 있습니다.

카카오톡 의문의 친구 현상

카카오톡 친구 목록에 도대체 어디서 알게 된 사람인지, 실제로 내가 아는 사람인지조차 모르겠는 사람들이 생겨나는 현상을 말한다. 나이가 들어갈수록 이 '의문의 친구' 비중이 점점 커진다.

나의 경제 관념에 대하여

저는 절약하는 방법을 전혀 모릅니다.

왜 돈을 절약하지 못하게 되었느냐?
이게 다 어렸을 적에 용돈을 제대로 안 받아서 그렇습니다.

저는 유치원 때 한 달에 3000원씩 용돈을 받았는데
'떠버기'가 그려진 지갑에 3000원을 넣고 교회에 갔다가
지갑째로 잃어버렸습니다. 그 후로 '너는 이런 거 관리
못하니깐 용돈 달라고 하지 말고 필요할 때마다 타서
써라'라고 해서 용돈을 단 한 번도 못 받았습니다.

그래서 돈을 모은다는 개념이 없습니다. 그냥 수중에 있는
거 다 써버립니다.

경제 관념이 있는 사람을 보면 존경스럽습니다.
어떻게 돈을 안 쓰지?
정신력이 뛰어난 사람이라 생각됩니다.

제가 이런 저의 하자를 블로그에서 말하면 몇몇 착한
분들이 댓글로 조언을 주곤 하는데요, 조언을 할 때 가장
중요한 점을 간과한 것 같습니다.
'과연 이 사람이 내 말을 들을까?' 말이죠.

"가계부 쓰세요" "지출을 기록하는 '뱅크샐러드' 앱 쓰세요"
이런 조언 다 의미가 없습니다.
제가 그런 거 하겠어요?

가계부는 귀찮아서 안 쓰고요.
뱅크샐러드는 까먹고 있다가 어느 날 보면 재앙급
누적 금액이 떠 있어서 더 안 봅니다. 그렇게 그 앱들은
초절전 리스트에 오른 후 어느 날 버튼 한 번에 흔적도 없이

삭제됩니다.

그래서 저 같은 사람을 위해 '뱅크쇠사슬' 비슷한 앱이
나와야 합니다.

하루에 2만 원 이상 쓰면 갑자기 계좌가 쇠사슬로
묶이면서 입금 외에는 어떤 경제활동도 할 수 없게 되는
앱이죠.

만약 예상치 못하게 경조사비를 내야 하거나 기타 지출이
필요하다면?

담당 직원한테 샘 스미스 〈unholy〉 춤을 추는 걸 찍어
보내야 쇠사슬을 풀어줍니다.

그렇게 돈 흥청망청 쓰는 걸 막아야 정신 차립니다.

11
삶을 대하는 태도

가끔 제 인생관을 묻는 사람들이 있습니다.

저 따위의 인생관이 왜 궁금한지는 모르겠지만 부끄러운 마음으로 몇 자 적어보자면 다음과 같습니다.

첫째는 '주장하지 말고 선택하자'입니다.

주장이란 것은 근거가 있습니다.

여기서 우리가 흔히 오해하는 점은 내 주장뿐만 아니라 상대의 주장에도 근거가 있다는 것입니다.

하지만 우리는 은연중에 자신이 원하는 근거만 취사 선택하고 있습니다. 남들뿐만 아니라 저도 분명 그럴 것입니다.

그래서 저는 뭔가를 '주장한다'라고 생각하기보다는 '나는 이런 관점을 선택했다'라고 생각합니다.

둘째는 '열심히 일하고 친절하라'입니다.

사회 초년생 시절 "열심히 하겠습니다"라고 말하면 보통 "열심히 하지 말고 잘하세요"라는 대답이 돌아왔습니다.

그런데 잘하는 건 제가 선택할 수 있는 영역이 아니잖아요? 그러니까 열심히 하는 것이 저의 최선입니다.

다만, 아무리 제가 제 분야에서 열심히 하고 잘났다 한들 친절한 사람이 되지 않으면 아무런 의미가 없습니다.

반대로 아무리 제가 친절해도 본업조차 제대로 하지 못하는 사람이라면 아무런 의미가 없겠죠.

그래서 열심히 일하고 친절하게 행동하기로 결심했습니다.

셋째는 '억지로 하지는 말라'입니다.

하기 싫은 걸 억지로 할 필요는 없습니다.
한 번 사는 거 왜 남의 말을 들으면서 살아야 하죠?

인생은 1분 1초가 소중합니다.
남의 말을 들으며 살기에는 시간이 너무 아깝습니다.
억지로 시킬 거면 돈 주고 시키세요.

그렇습니다.
돈 주면 해야죠.
그래서 회사에서 남의 말 잘 들으면서 착하게 살고
있습니다.

Part 2.

이상한 영화를 끝까지 보는 사람

12

우리의 삶이 영화라면

《파이어 펀치》라는 만화 아나요?

희대의 괴작입니다. 인생에 시간이 아주 남아도는 게 아니라면 굳이 볼 필요는 없습니다. 일단 저는 끝까지 보긴 했습니다.

이 작품의 특징은 등장인물들이 영화광이고, 등장인물이 죽을 때 상영관에서 일어날 법한 장면을 연출한다는 것입니다. 즉, 인생이라는 한 편의 영화 상영이 끝났다는 것을 뜻하죠.

이걸 차용해서 우리 인생을 영화로 비유해보면 어떨까요?
우리는 상영관에 앉아서 영화를 보고 있는 거고요.

제 인생을 영화로 비교하자면 아주 적절한 작품이
있습니다.
바로 연상호 감독, 류승룡 주연의 영화 〈염력〉입니다.

제가 왜 이 영화를 제 인생에 비교하고 싶느냐면, 이 영화는
내내 유쾌하려고 노력하는데 막상 지켜보는 사람들은 눈살이
찌푸려지기 때문입니다.

그게 딱 저의 인생과 닮았습니다.

저는 이 영화를 무료 표로 봤는데요, 정말 보는
내내 타임머신을 타고 몇 시간 전으로 돌아가고 싶은
기분이었습니다.
농담이 아니라 영화관에 있던 사람 중 4분의 3은
육두문자를 중얼거리며 중간에 나가버렸습니다.

저는 영화를 보다가 중간에 나가버리는 사람이 대단하다고

생각합니다.

그런 결단력을 가질 수 있다니요.

더 봐봤자 내 손해라는 판단을 어떻게 그렇게 명확하게 내릴 수 있는지 부럽습니다.

저는 그러지 못합니다.

이런 영화일지라도 끝까지 앉아서 봐야 합니다.

여태까지 단 한 번도 영화를 보다 중간에 나가본 적이 없습니다.

여태까지 투자한 시간이 아까워서요? 저 수능 경제 《숨마쿰라우데》(고난도로 유명했던 문제집)로 공부한 사람입니다.

'매몰비용'에 대한 이해 정도는 하고 있습니다.

제가 영화관에서 나가지 않는 이유는 욕을 하려면 끝까지 보고 까야 하기 때문입니다.

그냥 중간에 나가버리면 '이 영화는 중간에 보다 나왔다'라고 평가할 수밖에 없습니다.

〈염력〉의 결말을 모르면 〈염력〉을 깔 수가 없습니다.

초반 만듦새에 대한 지적은 할 수 있어도 영화 그 자체에 대한 비평은 할 수가 없지요.

그래서 저는 오늘도 이 인생이라는 영화를 계속해서 관람하는 중입니다.

과연 결말이 어떻게 나나 한번 보고 싶어서요.

그러니 당신도 가급적 중간에 자리를 뜨지 말아주세요.

잠깐 화장실 정도는 다녀올 수 있겠지만요.

13
피자 배달 아르바이트 이야기

군대를 전역하고 한 학기를 다닌 저는 한 가지 생각에
꽂혔습니다.

'시발 학교 다니기 싫다.'

여기까지는 누구나 할 수 있는 생각인데, 지금과 다르게
실행력이 강했던 저는 그냥 냉큼 휴학계를 내버렸습니다.
그렇게 해서 방학 포함 약 4개월간 집에서 게임만 하던 저는
'사람이 정말 이렇게 살아도 될까?'라는 생각에 알바 사이트를
뒤적거렸습니다.

제가 찾고 싶었던 알바 공고는 바로 피자집이었습니다. 왜냐하면 제가 제일 좋아하는 음식이 피자였기 때문이죠.

신의 계시였을까요? 집에서 10분 거리 피자헛에서 주방 보조 알바를 뽑는다는 공고를 봤습니다.

피자헛. 초딩 시절, 친하지도 않던 옆 반 애의 부모님이 피자헛을 한다는 소식을 듣고 그 애 생일파티에 따라가 다른 아이들이 모두 집으로 돌아갈 때까지 싸늘한 시선을 받으며 레귤러 피자 2.5판을 먹고 배탈이 나서 일주일간 학교를 못 나간 추억이 있는 곳.

그리고 지금까지도 제가 가장 좋아하는 피자 브랜드.

저는 이것이 당시 제 인생을 구제해줄 어떤 신호라 생각하고 그곳에 지원했습니다.

그렇게 피자헛에 도착했습니다. 흔히 생각하는 샐러드바가 있는 그런 곳이 아니라 테이블이 하나도 없는 배달 전문 매장이었습니다. 매니저님, 점장님은 번갈아 나오고 나머지 알바생은 시간에 따라 2~4명 정도가 근무한다고 했습니다.

간단한 면접을 보고 다음 날 합격 통보를 받았습니다. 첫 출근을 해서 인수인계 중 갑자기 전화를 받은 매니저님의 표정이 어두워졌습니다. 배달을 하던 고등학생이 도로에서 와리가리를 하다가 자빠진 것입니다. 다행히 크게 다치진 않았지만 부모님이 가게에 와서 난리를 피워 가게 분위기가 좀 안 좋았고 결국 문도 일찍 닫게 되었습니다.

저는 그날 거의 처음 보는 거나 다름없는 점장님, 매니저님이랑 같이 술을 마시러 갔습니다. 점장님은 왜 스팸구이를 시켰는데 런천미트구이를 주는 거냐며 갑자기 세상을 향해 역정을 내더니 대뜸 자신의 인생관을 전파했습니다.

"내가 사는 집? 다리만 뻗을 수 있으면 잘 수 있어. 돈? 먹고살 만큼만 있으면 돼. 근데 내가 하는 일. 그 내가 하는 일이 맘에 들지 않으면 평생을 그저 불만에 가득해서 사는 거야. 평생을…."

그에게 피자집 점장 일이 맘에 드는지 아닌지는 물어보지 못했습니다. 점장님은 내 손을 잡고 눈을 바라보며 말했습니다.

"훈욱아, 니가 필요해."

제가 필요하다니. 대학교 2학년 때 MT에서 오크 분장하고
무대에 오른 이후로 처음 들어보는 말이었습니다. 참고로
그날 초록색 보디 페인트를 씻어내는데 후배 놈이 샤워실 문을
활짝 열어놓고 나가서 인생 마감할 뻔했습니다.

아무튼 그날 이후 저는 원동기 면허를 따기 위해 하루에 한
시간씩 피자집 뒷골목으로 가서 스쿠터를 타기 시작했습니다.

"진짜 이건 바보만 아니면 다 붙어. 그냥 스로틀 쭉
당기기만 해."

다소 과격한 격려와 함께 점장님의 차를 타고
운전면허시험장으로 향했습니다.

결과는 보기 좋게 탈락.

다음 주, 두 번째로 탈락했을 때는 시험장에 지각을 해서
시험을 보지 못했다고 거짓말을 했습니다.

세 번째로 탈락했을 때는 멋쩍게 웃으며 떨어졌다며

너스레를 떨었습니다.

네 번째 탈락에선 웃지 못했습니다. 4주 동안 점장님과
매니저님은 하루 열네 시간을 일하며 초주검이 되어가고
있었기 때문입니다. 새로운 배달원이 생겨 그들의 일을
덜어줄 날만을 기다리고 있었던 것이죠.

한편 저는 슬슬 오토바이에 대한 공포가 생기고
있었습니다. 같이 시험 보는 고등학생들도 다 붙는데 내가
계속 떨어지는 이유는 도대체 뭘까? 이렇게 등 떠밀려서 배달
알바를 하다가 남에게 폐를 끼치거나 내가 다치는 건 아닐까?

다섯 번째 탈락에선 이제 얼굴이 익숙해진 감독관이
위로를 건넸습니다.

"다음엔 될 거예요."

어깨가 넓고 호감형의 외모를 가진, 새댁들을 설레게 하는
가스 배달부 같은 인상의 그에게 저는 대답했습니다.

"저는 이걸 안 타는 게 맞지 않을까요?"

감독관은 잠시 생각에 빠지더니 활짝 웃으며
대답했습니다.

"네, 안 타는 게 맞는 것 같습니다."

하지만 저를 믿고 있는 이들에게 거절의 의사를 전하는
것은 저에겐 너무나도 터무니없이 큰 도전이었습니다. 그래도
이번엔 말해야 했습니다. "죄송해요. 전 못 해요"라고.

마지막으로 '여섯 번째 시험까지만 보고 그냥 시원하게
면허 못 따겠다고 말해야지' 했는데 이게 무슨 일인지 그만둘
생각을 하니 너무나도 쉽게 붙어버렸습니다.
그때 깨달았습니다. 너무 절박해도 제대로 되지 않는 일이
있다는 것을.

14
피자헛에서 만난 사람들

피자헛에서 알바를 하면서 기억에 남는 사람들은 세 명
정도가 있습니다.

중보 형님은 우리 매장의 주문량이 점차 많아지자 새롭게
영입된 배달 알바였습니다. 정말 무섭게 생긴 분이었습니다.
나이는 30대 후반이었고 뽀뽀 안 하는 조건으로 결혼한
아내도 있었습니다.

그는 리얼 터그 라이프thug life를 사는 분이었는데 엄청나게
큰 검은색 사냥개를 키웠고, 집에 있으면 좀이 쑤신다는
이유로 스리 잡three job을 했습니다(9~18시 본업, 퇴근하고

10시까지 피자헛 배달, 주말에도 뭐 한다고 함). 잠은 세 시간 정도
자면 피곤하지 않다는, 그야말로 위인이었습니다.

어느 날은 점장님이 저녁으로 갈비찜을 해줬습니다.
중보 형님이 분명 우두둑 소리가 났음에도 불구하고
"오돌뼈네요"라고 하면서 갈비찜을 씹어 먹었던 기억이
납니다. 갈비에 오돌뼈가 있나? 아직도 모르겠습니다.
또한 그는 고등학교 시절 배달 알바를 하다가 크게 사고가
나서 자기 다리뼈를 직접 눈으로 본 기억이 있다고 했습니다.
저는 그 말을 듣고 더욱더 안전에 안전을 기하게 되었죠.

두 번째는 수우민입니다. 처음엔 잘못 들은 줄 알았는데,
이름이 수우민입니다. 병원 가면 접수할 때 스트레스
받는다고 합니다.
그는 갓 스무 살이 된 아기였는데 천재적인
게이머였습니다.
그는 빈지노를 약간 너프시킨 듯한 외모로 한때 연상의
여자 알바생에게 플러팅을 받았지만 너무 둔한 나머지
안타깝게도 눈치조차 채지 못했습니다. 아니면 사실 알고
있었지만, 게임이 더 좋아서 그냥 무시한 것일지도 모릅니다.

요리를 참 잘했고, 지금은 IT 업계에서 일하고 있으며
알바하다 만난 사람 중 몇 안 되게 지금까지도 친분을
유지하고 있습니다.

세 번째는 이름이 기억 안 나는 일진입니다. 배달 알바로
고용된 고등학생이었는데 맨날 제가 담배 피우러 나가면 따라
나와서 친한 척을 했습니다.
그 애는 진짜 누가 봐도 일진인데 좆밥 같은 외모를 가진
저에게 "형님!" 하면서 너무 깍듯하게 잘 대해줘서 일종의
괴롭힘인지 진지하게 고민을 했습니다. 알고 보니 그게
아니라 그냥 사회생활을 잘하는 친구였을 뿐이었습니다.

이렇게 다양한 사람들을 만났고 꽤 재미있는
경험이었습니다. 가족보다 오래 보는 사이다 보니 유대도
생겼습니다. 일을 그만두고도 인원 누수가 생겨 급하게
호출이 오면 가게에 가서 도왔고요.
고3 이후 가장 열심히 산 한 해가 아니었나 싶습니다.

15
기록을 이기는 기억

6수 끝에 원동기 면허를 기어코 따낸 저는 피자헛에서 에이스로 불리며 2년 동안 배달을 했습니다.

에이스라고 불린 데는 별 이유가 없었습니다. 한동안 배달 담당이 저 혼자였고, 혼자여서 주 6일 출근을 했고, 주 60시간 이상 일했기 때문입니다.

원동기 면허를 따고부터 저는 오전 11시에 출근해서 가게 오픈하고 오후 11시에 마감하고 퇴근하는 생활을 주 6일간 했습니다.

주 72시간. 말 그대로 다이나믹 노동이었습니다.

당시 저의 전용 스쿠터였던(당연함. 나 혼자 배달함) 대림
A4는 50cc임에도 불구하고 거구의 저를 잘 지탱하던
녀석이었더랬죠.

그래서 저의 주 업무는 뭐였느냐? 일단 주로 짬 찬 고수,
점장님 혹은 매니저님이 피자를 만들면 그걸 오븐에서 꺼내서
10등분을 하고, 주문서를 보고 고객님이 추가한 사이드
메뉴까지 챙겨서 가방에 넣어 오토바이를 타고 배달하는
것이었습니다.

다행히 제가 배달하던 시절엔 '30분 내 배달 실패 시 할인'
같은 비인간적인 제도는 진작에 사라져 없었고, 배달 구역도
동네라 좁았기 때문에 굉장히 설설 다녀왔습니다. 그래서
원동기 면허 시험을 6수했음에도 불구하고 큰 사고는 나지
않았습니다.

설거지도 했습니다. 다행히 테이블이 없는 매장이라
식기가 모자랄 일이 없는 관계로 설거지는 몰아서 해도
됐습니다. 피자 판이 철판이라 나름 힘이 필요했고 피자헛
특유의 설거지 방식을 따르는 게 꽤 보람 있어서 기분은
좋았습니다만, 오래 하면 힘듭니다. 설거지가 진짜

힘들었습니다.

배달 없는 시간대에는 오토바이 타고 전단지를 곳곳에
붙이며 동네 산책을 하곤 했습니다.

피자를 너무 좋아해서 어렸을 때 피자를 먹는 날만 손꼽아
기다리던 내가 어느새 어른이 되어 눈이 반짝반짝한 어린이들
앞에 피자헛 로고가 박힌 박스를 꺼낼 때, 비가 오는 날
손님에게 "죄송합니다, 고생 많으셨습니다"라는 말을 들었을
때, 눈 오는 날 달리던 오토바이가 넘어져 대차게 날아갔지만
툭툭 털고 다시 일하러 갔을 때, 정말 보람이 있진 않았고
'살려줘 제발'이라는 생각으로 하루하루를 일했습니다.

그날도 바람이 쌩쌩 부는 대교를 고물 스쿠터로 넘고
있었습니다.
저녁 시간을 갓 지나 해가 넘어가는데, 고개를 오른쪽으로
돌려 하늘을 바라본 순간 저도 모르게 다리의 인도 쪽에
스쿠터를 정차시킬 수밖에 없었습니다.
그리고 핸드폰을 꺼내 정신없이 카메라 셔터를
눌렀습니다.

신이 실수로 물감을 쏟아버린 것은 아닐지 싶을 정도로, 인간이 명명할 수 있는 모든 색을 가진 하늘이었습니다.

빨간색, 노란색, 초록색, 보라색, 분홍색, 검은색, 흰색….

저는 제가 알바 중이라는 사실도 잊어버리고 그 하늘에서 제가 알고 있는 색의 이름을 찾으며 한참을 서 있었습니다.

몇 년 후 그날이 생각나 클라우드를 뒤졌지만, 몇 번의 핸드폰 교체와 부실한 백업으로 사진은 지워지고 없었습니다.

그러나 저는 하나도 안타깝지 않았습니다.

오히려 안도했습니다.

분명 그 시절의 고물 폰으로 찍은 사진은 아무리 잘 찍어봐야 형편없는 것이었을 테니까요.

그리고 어쩌면 이건 제 추억에 미화가 들어간, 과장된 기억일지도 모릅니다.

막상 그 사진을 찾았어도 저는 '아… 그날 기억은 이 느낌이 아닌데' 하면서 실망했을 수도 있습니다.

아무리 멋진 사진을 찍어도 제 기억을 이길 수는 없었을 것입니다.

그렇습니다.

때로는 기록을 이기는 기억이 있습니다.

16

게으른 자는 혐오하고 부지런한 자는 사랑한다

이런 일이 있었습니다.

국내 모 관광지를 거니는데, 대포 카메라를 든 사람들이 쭉 줄지어 서 있었더랬죠.

행색이 좀 특이하긴 했는데, 처음에 기자들인 줄 알았습니다. 앞에는 천막도 있고 방송 장비 같은 게 세팅되어 있길래 '여기서 무슨 촬영을 하나 보다' 하고 구경했습니다.

몇 분 뒤 그다지 인지도가 없던(물론 지금도 많지는 않은) 한 걸그룹 멤버가 나왔습니다.

사람들은 행동을 멈추고 일제히 카메라를 들어 그를 찍기 시작했습니다.

그제야 그 사람들이 일명 '아이돌 찍덕'이라 불리는,
연예인의 스케줄을 따라다니며 그들의 사진을 찍는
팬들이라는 사실을 알게 되었습니다.

사실 저는 평소 그런 사람들을 그다지 좋아하지
않았습니다.

정확히 말하면 이해할 수 없었습니다. 그런 행동이 자신과
주변에 뭐 그렇게 이득이 된다고 시간을 쓰는 건지, 직접 보기
전까지는 사실 그들의 행동을 이해하지 못했고 그래서 별로
좋아하지 않았죠.

그런데 막상 그들을 실제로 보니까 너무나도 슬픈 기분이
들었습니다.

그 사람들이 별로여서 슬펐던 게 아니라, 제가 별로여서
슬펐습니다.

'나는 이렇게 뭔가를 좋아해본 적이 있었나?' 하는
생각에요.

냉소, 혐오, 회의에는 그다지 큰 노력이 수반되지

않습니다. 사실 그것들은 실패를 경험하지 않기 위한
안전장치에 가깝습니다. 호의, 사랑, 낙관에는 리스크가
동반되기 때문입니다.

그때까지 저는 시간과 에너지를 소모하는 것이 두려워
평생을 도망자로 살았습니다. 자기 일에 열정을 쏟는
사람들을 비웃으면서.

그날 이후 저는 약간 바뀌었습니다.

첫째로, 뭔가에 몰두하는 사람을 경시하지 않게
되었습니다.
오히려 그들을 부러워하고 대단하다고 여기게
되었습니다.

둘째로, 저도 뭔가를 좋아할 때는 온 힘을 다해 좋아하려고
노력하게 되었습니다.

게으른 자는 혐오하고 부지런한 자는 사랑합니다.

17

호떡과 쿵푸

퇴근해서 집에 가던 중 호떡을 파는 트럭을 발견했습니다.
동네에서 굉장히 오랜만에 보는 호떡 트럭이었습니다.
가장 기본 호떡인 1500원짜리 호떡을 하나 주문했습니다.

호떡 파는 아저씨는 천천히 미리 만들어둔 반죽을 꺼내
깨끗한 알루미늄 밀대로 천천히 신중하게 밀기 시작했습니다.
완벽한 원형으로 편 후에는 기름을 실리콘 솔로 호떡의
한쪽에만 발랐습니다. 그러고는 철판에 올려 굽기
시작했습니다.
철판 옆에는 왜인지 모르겠지만 미니 선풍기 두 대가

있었습니다. 아마도 장사를 오래 하신 노하우겠거니
했습니다.

　호떡은 굉장히 맛있었습니다. 일단 기름지지 않은 게 제
취향이었습니다.
　가만히 서서 하나를 냉큼 다 먹었습니다.

　호떡 사장님에게 아주 맛있다며 극찬하고 싶었지만 제
성격이 소심해서 그러지 못했습니다.
　대신 주말 동안 얼려놓고 먹을 호떡 네 개를 추가 주문하는
것으로 방금 먹은 당신의 호떡이 훌륭했다고 표현했습니다.

　꿀 호떡 두 개, 꿀 치즈 호떡 두 개.
　사장님은 꽤나 기분이 좋아 보이셨습니다.

　"먹을 만해요?"

　저는 고개만 끄덕거렸습니다.

　해가 지고 날씨가 쌀쌀해지고 저녁 시간도 끝나가고

있었습니다.

제가 주문을 마치자마자 호떡 트럭에 갑자기 사람들이 몰리기 시작했습니다. 다 세보진 않았지만 그때부터 사장님은 호떡을 약 열다섯 개는 만들어야 했습니다.

하지만 사장님은 절대 서두르지 않았습니다.

모든 동작이 제가 처음 호떡 하나를 주문할 때와 똑같았습니다.

미리 만들어둔 반죽을 꺼내 깨끗한 알루미늄 밀대로 천천히 신중하게 밀기 시작했습니다. 완벽한 원형으로 편 후에는 기름을 실리콘 솔로 호떡의 한쪽에만 발랐습니다. 그러고는 철판에 올려 굽기 시작합니다.

그렇게 네 번 반복.

중간중간 올라가 있던 호떡을 뒤집었습니다.

사람들이 더 몰려들었습니다.

그 와중에도 제 호떡을 종이봉투에 담은 뒤, 비닐봉지에 넣기 전에 비닐봉지가 찢어질까 종이봉투의 모서리를 접었습니다.

저는 이렇게 뭔가를 오래 한 사람이 꾀부리지 않고 천천히, 정확하게 필요한 동작을 보여줄 때 희열을 느낍니다.

어떤 일을 오래 하면 자연스럽게 시간을 단축하고 귀찮음을 줄이는 방법이 떠오르잖아요. 저 같은 사람들은 효율이라는 명목으로 최대한 그 귀찮음을 줄이는 방향을 선택하지만 절대 타협하지 않는 사람들도 있습니다. 사람들이 장인에게 열광하는 이유도 아마 이와 비슷하지 않을까요?

〈룩백〉이라는 영화를 봤을 때 제가 제일 감동한 부분은 영화의 첫 부분이었습니다.

가만히 앉아 만화를 그리는 사람의 뒷모습이 나오는데, 캐릭터가 앉아 있는 장면 너머 이 장면을 표현한 사람이 한 프레임마다 그린 펜화의 느낌에서 엄청난 에너지를 받았지요.

이 단순하고 아무 말 없는 몇 초간의 장면을 그려내기 위해 한 프레임도 꾀부리지 않고 쏟아부은 열정에서요.

〈마르코 폴로〉라는 드라마가 있습니다.

저는 이 드라마를 보지 않았지만 이 드라마에서 주인공이 쿵푸를 배우며 스승에게 들은 말을 아직도 똑똑히 기억하고 있습니다.

쿵푸功夫

이것은 '노력에서 얻어낸 뛰어난 기술'을 말함이다.

위대한 시인은 쿵푸에 도달하였다.

화가, 서예가, 그들도 쿵푸를 가졌다 말할 수 있다.

심지어 요리사도

계단을 비로 쓰는 사람도

능수능란한 하인도

쿵푸를 가졌다 할 수 있다.

연습,

준비,

끊임없는 반복.

그것만이, 그 길만이 쿵푸를 얻는 방법이다.

언젠가는 저도 저만의 쿵푸를 얻길 기원해봅니다.

18

실수에 대하여

저는 굉장히 어이없는 실수를 많이 하는 편입니다.

눈에 안 띄는 부분에서도 아니고 시속 120킬로미터로
지나가며 봐도 알아챌 수 있을 것 같은 오타를 낸다거나,
첨부 파일을 빼먹고 메일을 보내며 "상세 내용은 첨부 파일을
확인해주시면 감사하겠습니다"라는 문구를 적어놓기도
하지요.

상습적이지 않지만 가끔 지각도 합니다.
그럴 때는 왜 핸드폰 알람이 울리지 않았는지 원망하기도

합니다. 사실 알람이 울리지 않았을 확률보다 제가 잠결에 그냥 꺼버리고 다시 잠들었을 가능성이 훨씬 높습니다.

이런 실수들은 굉장히 창피합니다.

하지만 아무리 생각해봐도 죽을 만한 일은 아니지요.

반복할 때마다 굉장히 부끄러워하고 반성하기는 하지만 반성하는 것 외에 제가 더 할 수 있는 일은 없습니다. 실수를 줄이려고 지나치게 노력하면 그 시간에 다른 일을 못 하게 되고 괜히 주눅 들어서 할 수 있는 일도 못 하게 되더군요.

그래서 저는 어떻게 했냐고요?

그냥 뻔뻔해졌습니다.

사실 뻔뻔해지는 것도 쉽지 않습니다.

많은 고민과 부끄러움이 따르는 일이기 때문입니다.

나이를 먹고 연차가 쌓이면서 실수가 주는 게 아니라 실수를 해도 당당해졌습니다.

여기서 당당함이란 다른 사람한테 당당해진다는 게

아니고요(실수하고 당당하게 나오면 그냥 미친놈이겠죠?),
스스로에게 당당해졌습니다.

'아이고, 또 저질러버렸네. 이해해주길…' 이러고
넘어갑니다. 이게 나이 먹는다는 방증이 아닌가 싶습니다.

그냥 나 자체가 어쩔 수 없는 불완전한 인간임을 인정하고,
그 또한 나를 받아들이는 과정이라고 생각하고 있습니다.

더 뻔뻔해지고 싶습니다.

남들에게 뻔뻔해지는 게 아니라 저에게 뻔뻔해져서
자책하지 않고 싶어요.

정확히 말하자면, 그냥 나 자신이 완벽하지 못한 인간임을
인정하고 결함을 받아들이며 살고 싶습니다.

19
사랑한다면 경외하라

사랑한다면 경외하라.

말 그대로입니다.

이 사람 만나면서 뭔가 아까운 기분이 들고 내가 뭐 하는 건가 싶고 자꾸 이것저것 재고 계산하게 된다면 그냥 그 연애는 하지 않는 것이 낫습니다.

흔히 연애나 결혼을 사회적 계약이라고 하지요.
하지만 조금만 생각해봐도 이것은 굉장히 불합리한

계약입니다.

사랑은 사실상 자발적 노예 계약이나 다름이 없습니다.

저는 사랑을 할 때 상대와 나를 동등한 입장이라고
생각하지 않기를 권장합니다. 상대가 무조건 나보다 우월하고
높다고 생각하고 우러러봐야 합니다. 그래야 이 노예 생활을
납득할 수 있습니다.

오해하지 마세요.

일단 사랑을 시작했으면 무조건 그렇게 살아야 한다는
것이 아닙니다. 노예 계약을 받아들일 수 없는 사랑이라면
애초에 시작도 하지 말거나 아니면 과감하게 중단하라는
말입니다.

이 미친 불합리성과 상식을 뛰어넘을 정도의 애정이
있어야 사랑이라는 끝이 보이지 않는 바다를 향한 다이빙이
가능해지는 것입니다.

그런 거 못 하겠으면 그냥 사랑하지 마십시오.

간혹 "훗, 난 애인에게 별로 관심 없는데 걔는 죽고 못

살더라고"라고 과시하듯 이야기하는 사람이 있습니다.

정말 실례되는 말이지만 그들의 대가리를 깨고 싶다는 생각이 들곤 합니다.

뭔가에 빠지고 열광하는 것도 엄연한 능력입니다.

그게 부족한 건 자랑이 아닙니다.

왜 그들은 오점을 마치 자랑하듯 늘어놓는 걸까요? 아마도 마음속 깊은 곳에서는 한없이 부족하게 느껴지는 자신을 누군가 인정해주는 듯한 기분이 들어서일 것 같습니다.

사랑은 이성적으로 할 수 있는 행위가 아니고, 그에 효율성을 논하는 것은 어불성설입니다.

그냥 그런 불합리를 받아들이세요.

누군가를, 뭔가를 사랑한다면 경외하세요.

그렇지 않다면 사랑이라 부르지 말아주십시오.

그건 사랑에 대한 모욕입니다.

저는 국제 사랑력 협회(International Love Power Association, ILPA. 아직 정식 설립하지 않음)의 회장으로서

상대를 경외할 수 있는 능력의 정도를 객관화된 수치로
표시하고 그것을 사랑력(Love Power, LP)으로 명명하기로
하였습니다.

LP 측정법

해당하는 점수를 모두 더해보세요. 0점에서 시작하고, 음수는 빼면 됩니다.

- 방귀를 뀌어도 좋다(똥방구 제외): +100

- 상대와 나의 생각이 다를 때 다양한 관점에서 바라볼 수 있어 좋다는
  생각이 든다: +100

- 상대가 나 빼고 놀러 가도 연락만 간간이 되면 상관없다: +70

- 안 꾸미면 안 꾸민 대로 좋다: +50

- 상대가 뭘 원하고 있는지 계속 생각해보게 된다: +50

- 먼저 사과할 수 있다: +70

- 내가 원하지 않는 것을 거절할 수 있다: +100

- 내가 원하지 않는 것도 다 맞춰주게 된다: 테스트고 뭐고 본인 인생을
  다시 고찰해보길 바람

- 애인이 말을 걸어서 짜증 난 적이 있다: -50

- 데이트를 나가는데 귀찮았던 적이 있다: -30

- 애인의 용모가 불량한 걸 보면 정이 떨어진다: -10

- 불만을 즉시 말할 수 없다: -30
- 애인과 같이 있는 순간 너무 재미없다는 생각이 들었다: 즉시 헤어지는 것을 추천
- 상대가 나에게 관심이 있으니 당연히 나를 섬겨야 한다: -70
- 나한테 말대답하는 게 싫다: -70
- 내가 지난해에 준 생일 선물과 내가 받은 생일 선물의 가격을 비교하게 된다: -100
- 사과하면 지는 것 같다: -300
- 혼자는 좀 외로워서 연애를 하고 싶다: 꺼지세요

점수가 음수면 그냥 연애하지 않는 것을 추천합니다.

여기서 중요한 것은 상대도 어느 정도는 나를 그렇게 생각해야 한다는 것입니다. 즉, 내가 200이면 상대도 100~200 정도의 체급을 맞춰와야 한다는 것이지요.

- 애인이 너무 한심하다. → 헤어지세요.
- 나는 애인을 떠받드는데 걔는 날 무시해요. → 계속 그렇게 살 자신 있으면 사귀고 아님 헤어지세요.
- 우리는 모두 동등한 객체다. 완벽한 5:5 밸런스의 연애를 할 것이다. →

잘해보십시오. 화이팅입니다. 진심입니다.

제가 이 글을 통해서 하고 싶은 말은,

첫째로 단순히 당신이 일방적으로 희생할 필요는 없다는
것입니다.

둘째로 자신의 것을 덜어내면서까지 좋아할 마음이 생기지
않는다면 굳이 사랑을 하지 않는 게 서로의 시간을 위해 좋은
판단일 수도 있다는 것입니다.

아무튼 가장 소중한 것은 당신이니까요.

20

자기 자신도 경외하라

블로그를 운영하다 보면 자존감에 대한 질문을 많이
받습니다.

그래서 제가 자존감에 대해 좀 찾아봤습니다.

좋은 글이나 자기계발서 같은 것들이 많이 나오더군요.

거기서는 자신을 사랑할 이유는 아주아주 많다고, 자신의
장점을 찾아보라는 말들이 많았습니다.

그런데요, 자신을 사랑할 이유를 왜 찾아야 하죠?

사랑에 이유가 있다고 생각하나요?

저 후루꾸, ILPA 회장으로서 한 말씀 올리겠습니다.

진정한 사랑이란 이유가 없고 결점도 사랑하는 것이라고 할 수 있습니다.

왜 결점도 사랑해야 하냐고요?

세상에 완벽한 사람은 없기 때문입니다.

만약 지금 사랑하는 대상이 완벽하다고 느껴진다면 뭔가 단단히 착각을 하고 있는 것이고 그 또한 당신이 완벽하지 않다는 뜻이겠지요.

자신을 사랑하기 위해서 이유를 꼭 찾을 이유는 없습니다.

왜냐하면 당신도 잘난 사람만 사랑하진 않으니까요.

사람들은 모두 결점투성이인 사람을 사랑하고 있습니다.

당신도 결점투성이인 스스로를 사랑하도록 해보세요.

21
우리는 무엇으로 사는가

가끔 "제가 왜 사는지 모르겠어요"라는 질문을 받습니다. 우리가 이 세상에 태어난 이유가 있을 거라고 믿는 분들의 질문입니다.

저는 그렇게 믿지 않습니다. 우리는 딱히 태어난 이유가 없습니다. 그냥 태어난 김에 한 번 살아보는 거죠.

저는 이런 질문을 받을 때마다 가수 김창완 씨가 한, 제가 좋아하는 말을 들려드립니다.

"인생은 답을 찾는 과정이 아니라 질문할 수 있는 기회다."

저는 이 말을 이렇게 이해했습니다.

우리는 자신이 태어난 이유를 찾기 위해 무던히 애쓰고 그걸 찾지 못하면 좌절합니다. 하지만 사실 그 답은 정해져 있지 않고 자기 스스로가 정하기 나름입니다.

물론 좀 더 나은 사람이 되기 위해 노력하고 싶다면 내가 왜 사는지 질문해보는 시간을 가끔 가져볼 수는 있겠지만, 뭔가를 하기 전에 그것에 의미를 부여하려고 애쓰는 건 시간 낭비입니다. 오히려 그와 반대로 나의 움직임이 모여 내 삶의 의미가 됩니다. 삶은 내가 보고 듣고 생각하는 모든 것의 총체입니다.

내가 삶의 의미를 찾으려고 고심하는 동안에도 내 삶의 크기는 계속해서 커지고 있습니다. 그러므로 삶의 의미를 찾으려는 행위는 팽창하는 우주의 크기를 자로 재려고 드는 것과 마찬가지입니다.

솔직히 말하면 저는 아직도 제가 왜 사는지 모르겠습니다. 다만 언젠가 좋은 일이 일어날 걸 확신하기에 살아갑니다.

22

무기력보다 높이 뛰어오르자

어제로 일주일째 운동을 안 갔습니다. 몸 상태가 최상이 아니었기 때문이죠.

가수 이소라 씨의 일화를 아나요?

이소라 씨는 공연 당일 목 상태가 최상이 아닌 날에는 공연을 취소하고 관객들에게 콘서트 비용을 전액 환불합니다.

저 역시 이소라 씨의 정신을 계승하여 최상의 컨디션이 아닌 날에는 운동을 가지 않습니다(라는 개소리로 운동을 가지 않는 이유를 포장하며 하루하루를 보내고 있습니다).

저를 움직이는 두 가지는 다음과 같습니다.

열등감과 인정욕구.

상당히 타인 의존적인 성향이지요.

이런 성향상 일이 궤도에 오르면 제대로 뭔가 해내지를 못합니다.

왜냐고요?

처음엔 똥만 뿌직 싸도 칭찬을 막 들음 → 그게 일상이 됨 → 주위 사람의 자극 역치가 올라가 더 이상 칭찬을 안 함 → 더 이상 일을 안 함 → 주위 사람이 더 칭찬을 안 함 → 더 더 안 함 → ∞

또한 이 과정에서 더 이상 점점 나아진다는 생각이 들지 않으면 오히려 더 손을 놓게 됩니다. 뭔가 발전하는 게 눈에 보이지 않으면 그냥 포기해버리는 것이죠.

가끔은 이런 생각도 듭니다.

꼭 하루하루 발전해야만 할까요?

하루하루 퇴보하면 안 되나?

그게 무슨 대단한 오점인 양 호들갑을 떨 것인가?

애초에 왜 네가 뭔데 나아지느니 퇴보하느니를 따지는데? 네깟놈이, 아무것도 못 이룬 놈이, 거지 놈이? 너는 애초에 더 발전하고 못 하고 할 것도 없어, 그냥 아무것도 없어서.

아무튼 이렇게 뭐든 너무나도 하기 싫어지고 움직이기 싫어지는 그런 때가 있죠. 이렇게 우울감이나 무기력이 몰려오면 그냥 그 감정을 부정하지 않고 그대로 느낍니다.

차가 물에 빠져서 내부에 물이 차오르기 시작하면 처음에는 문을 열려고 아무리 시도해도 밖의 압력이 너무 강해서 문이 열리지 않아 힘이 빠져서 죽게 된다고 합니다.

반대로 차에 물이 가득 차면 그 순간 내부와 외부의 압력이 일치해서 문이 열린다고 합니다.

저도 마찬가지로 문을 억지로 열려 하지 않고 열리는 시기를 기다립니다.

그러면 뭔가 될 것 같은 타이밍이 찾아오더군요.

그때 박차고 나가면 됩니다.

23

죽음에 대하여

카카오톡을 둘러보다가 우연히 추모 프로필이란 걸
발견했습니다.

원래 죽으면 번호를 삭제하는 순간 카카오톡 프로필도
삭제되는데, 이 추모 프로필을 생전에 미리 설정해놓으면
계속 내 프로필이 남는 것 같습니다.

죽음 이후의 삶을 생각해본 적이 있나요?

저는 MBTI에서 P(즉흥형)가 100이기 때문에 모든 계획을
즉흥적으로 짭니다.

얼마나 즉흥적이냐면 작년에 당첨된 복권도 당첨금

2000원을 못 받고 그대로 지급 기한을 넘겨버렸습니다. 그냥 편의점 갈 때 챙기기만 하면 되는 건데.

그 관계로 10분 후에 뭐 할지 아무런 계획이 없고 잠은 몇 시에 잘 건지 내일 몇 시에 일어날 건지도 계획하지 않습니다. 죽음 이후를 생각하는 건 성실한 사람들이나 하는 행동이죠. 또 죽으면 어차피 나란 존재는 끝이라고 생각해서 굳이 죽음 후를 생각하지 않습니다. 죽으면 어차피 내가 없는데, 좋은 영향을 주나 나쁜 영향을 주나 어차피 그 감각과 경험의 주체가 없으면 아무 의미가 없잖아요. 당신도 당신의 세상에서 주체인 스스로가 가장 중요하듯 저 역시 그렇습니다.

그래서 저는 죽지 않고 최대한 오래 살려고 계획 중이지만 그래도 기왕 한 번 태어났으면 한 번 죽어야 하잖아요. '어차피 난 죽었으니까' 하면서 맘껏 똥 뿌리고 가는 것도 좀 매너가 아니겠죠?

굿 다이good die를 위해 잠깐 죽음 이후를 생각해보겠습니다.

(망상 중)

일단 죽으면 장례식을 하겠죠?

지인 중 아무나 제 컴퓨터에 접속할 수 있는 사람이 있다면 네이버에 자동 로그인이 되어 있으니 블로그에 부고를 올리면 될 것 같습니다. 블로그 이웃들이 장례식장에 와서 제 영정 사진을 보면 좀 실망할 수 있으니 영정 사진도 블로그 프로필 사진으로 하는 게 좋겠네요.

장례식 음식은 육개장, 편육, 홍어 무침이 '국룰'이지만 저는 평소 제가 좋아한 음식인 피자, 샤브샤브, 갈비를 내놓겠습니다.

장례식비 감당되냐고요? 제가 감당하는 거 아니니깐 괜찮습니다. 장례식비를 제가 안 낸다고 생각하니까 뭔가 더 해드리고 싶네요.

1. 참가자 전원 집에서 장례식장까지 리무진으로 이동

2. 장례식장 배경 음악을 연주하기 위해 베를린 필하모닉 초청

3. 화장 후 크루즈 승선, 79박 80일 투어 후 유골 반은 태평양 어딘가에 뿌리고 반은 보관해놓기

4. 단, 뇌는 따로 동결건조해서 나중에 부활 꾀하기

5. 부활 전까지 나의 모든 글을 학습한 AI를 만들어 매일 글 올리게 하기

이 정도면 좋은 죽음 같습니다.

그리고 묘비명도 설정하겠습니다.

묘비명은 다른 사람에게 뭔가 메시지를 던져줘야 하겠죠. 그것도 긍정적인 메시지를요.

평균 수명이 높아진 만큼 다 같이 늙어가는 입장이고 제가 죽을 때쯤엔 당신도 할머니 할아버지가 되어 있겠죠. 늙어서 지리는 걸 방지하기 위해 케겔 운동을 잊지 말라는 의미에서 묘비명을 이렇게 쓰겠습니다.

조여

기다려

풀어

김훈욱, 1990~2???

이러면 제 묘비 앞에서도 굉장히 유익한 경험을 할 수 있을 거란 생각이 듭니다.

Part 3

예미니의 일상

24
대학교 이야기

때는 2009년이었습니다.

대학 신입생이었던 저는 여름방학을 맞이해 알바를
시작하기로 했습니다.

딱히 뭔가 사고 싶었던 건 아니고, 다달이 용돈을 받아
쓰면서도 1학기 학점 1.05로 학사경고를 받아버렸기
때문이었습니다. 그 말인즉슨 학사경고 우편물이 집으로
도착할 것이라는 소리였습니다. "너 같은 놈한테 용돈을
왜 주냐? 차라리 해적이 될 리스크를 안고서라도 소말리아
아동한테 기부하는 게 낫겠다"라는 말을 들어도 이상하지

않았습니다.

품위 유지를 위해서는 직접 돈을 벌어야 했습니다.

왜 학사경고를 받았느냐면요, 우리 학교는 신입생들은 1학년 1학기에 모두 같은 수업을 들어서 수강 신청을 할 필요가 없었습니다. 하지만 저는 '아니, 나는 이제 대학생인데 왜 남이 짜준 시간표대로 수업을 들어야 하는 거지? 일괄 시간표 거부합니다. 보이콧합니다'라는 말도 안 되는 생각을 했습니다.

그래서 수강 신청 정정 기간에 제가 듣고 싶은 흥미로운 제목의 강의들로 시간표를 손수 채워나갔습니다. 그렇게 〈민속과 풍수〉〈청년기의 갈등과 자기 이해〉〈공연예술의 이해〉〈실용 컴퓨터〉 같은 이상한 수업들만 듣게 되었습니다. 전공 두 개 빼고 나머지는 다 교양이었습니다.

그러나 간과한 것이 있었습니다. 제가 제 예상보다 너무 공부하기를 싫어해서 학교를 자주 빠졌다는 것이었습니다.

당시 저는 지각하는 걸 매우 싫어했습니다(지금도 좋아하진 않습니다). 왜냐하면 남들이 수업 듣고 있는데 뒤에서 조용히 들어가는 행위가 굉장히 가오 상했기 때문입니다. 그래서 지각할 바에 그냥 학교를 안 갔습니다.

그리고 1교시 수업을 안 간 날에는 그 김에 다른 수업도 그냥 빠졌습니다.

결국 학기 시작 한 달 반 만에 모든 수업에 결석 3회를 채웠습니다. 결석 3회까지는 봐줬거든요.

당시에는 전자 출결 시스템도 활성화되어 있지 않았고 교수님께 "저 결석 몇 번인가용?"이라고 묻는 것 또한 민망했기 때문에 학기 말에는 대체 내가 이 수업에 결석을 몇 번 했는지를 속으로 헤아렸습니다.

믿기 힘들겠지만 저는 F를 받고 싶지는 않았거든요. 진짜 성적 잘 받고 싶었습니다. 기왕 학교 다닐 거면 잘 받는 게 좋잖아요.

아직도 그 불안에 떨던 나날이 생각납니다.

'내가 A 수업을 몇 번 결석했지? 두 번인가? 세 번인가? 두 번이면 오늘 빠져도 되지 않나?'

대학교를 졸업한 지 몇 년이 지난 지금도 그때를 악몽으로 꾸곤 합니다.

아무튼 그렇게 수업을 막 빠져대니 출석 점수도 출석 점수지만 같이 듣는 사람이 없어 진도를 따라잡을 수가 없었습니다(다른 동기들은 다 학교에서 정해준 시간표대로 하하 호호 글쓰기 수업 듣고 있음).

그렇지만 저는 자신이 있었습니다.

제가 누구입니까. 중학교 시절 학교 측정 IQ 143.

평소에는 IQ 40 정도의 유사 유인원으로 살다가 위기 상황이 되면 뇌를 오버 클러킹해 IQ를 160까지 증폭시키는 타입이었습니다(자체 내부 벤치마킹 결과로 실제 사용 환경에선 차이가 있을 수 있음).

따라서 이런 단순 암기 교양 시험은 자신이 있었습니다.

교수님이 준 자료를 거의 인간 복사기 수준으로 완벽하게 외워서 시험장에 갔습니다.

그런데 시험 문제로 "다음 문제는 여러분이 다른 학우들의 발표를 잘 들었는지를 파악하는 문제입니다. ○○학과 A 학우가 발표 당시 본인이 방문했다고 한 여행지는 일본의 어느 지역일까요?"라는 변태 같은 문제를 준 것입니다.

심지어 나머지도 다 이런 식이었습니다. 교재랑 아무 관련 없는, '수업 시간에 한 농담 따먹기' '수업 시간에 보여준 영상' '수업 시간에 어쩌구' 등 수업을 안 들었으면 맞힐 수 없는 문제가 60퍼센트 이상이었습니다.

당연히 저는 시험지에 아무것도 쓸 수가 없었고 눈물을 흘리며 집으로 돌아왔습니다.

다음 시험은 서술형 세 문제짜리 시험이었습니다.

1번 문제를 세 페이지 쓰고 2, 3번 문제는 "죄송합니다. 아버지와 장기를 두느라 시험공부를 하지 못했습니다"라고 써버려서 F를 맞았습니다. 심지어 이것도 거짓말이었습니다. 그냥 〈문명 4〉 했습니다.

평균평점 - 열람용

년도	학기	취득학점(열람용)	평점평균
2009	1	14	1.62
2009	2	22	3.90

그래서 이렇게 되어버렸습니다.

당시 학점이 1.05였는데 사진에서 1.62로 보이는 이유는 F 맞은 수업이 취득학점에서 빠지고 평점평균에도 반영이 되지 않아서 그렇습니다.

결론은 학사경고 받았습니다.

학사경고 우편물은 매일 우체부가 오는 타이밍을
기다리다가 편지를 받자마자 찢어서 폐지함에 던져
넣었습니다. 우편물을 살짝 읽어봤는데 저에게 오는
편지가 아니라 부모님에게 발송된 편지였습니다. 대충
"귀하의 자녀가 학사경고를 받았으니 학업에 관심과 지도
부탁드립니다"라는 내용이었습니다.

아무튼 그렇게 위기는 넘겼지만 먹고살기 위해 첫 알바를
알아보게 되었습니다.

25
아르바이트 이야기

　　첫 번째 알바는 2009년, 인천 구월동 로데오거리
한복판에서 주말 야간으로 3개월간 편의점에서 일한 것입니다.

　　제 근무시간은 오후 10시부터 다음 날 6시까지 여덟
시간이었는데, 시제를 맞출 때 제가 하루 동안 얼마를
팔았는지를 뽑아보면 약 100만~150만 원이 나왔습니다.

　　'별로 안 많은거 아니야?'라고 생각할 수도 있지만 당시는
2009년, 최저시급이 4000원이던 시절입니다. 짜장면 평균
가격이 3896원이었고 담뱃값이 2500원이었습니다. 즉,
지금으로 치면 거의 200만~300만 원에 가까운 매출을 알바생

혼자 있는 편의점에서 여덟 시간 동안 올린 것입니다.

핫한 시간대에는 손님들이 맛집 웨이팅하듯 물건을 들고 몇 분간 계산을 기다려야 했습니다.

매출에서 가장 높은 비율을 차지하는 것은 역시나 담배였습니다. 손님들이 항상 기다리고 있으니 담배가 진열대에서 빠져도 한가롭게 그걸 채워놓을 시간이 없었습니다. 그래서 미리 피크 타임이 되기 전에 진열대에 담배를 꽉꽉 채워 넣고 진열대에서 담배가 동나면 그냥 보루를 하나하나 풀어 팔았습니다.

그다음 주요 매출을 담당하는 상품은 의외로 컨디션과 여명808이었습니다.

여명808은 당시에도 3500원이라는 흉악한 가격을 자랑했습니다. 하지만 손님들은 그걸 그냥 몇 개씩 우르르 사 갔습니다. 참고로 당시 최저시급은 4000원이었지만 전 야간 알바임에도 불구하고 3200원을 받았기 때문에 '이 아저씨 그려진 캔이 대체 뭐길래 내 시급보다 비싸게 팔리는 걸까'라고 생각했습니다.

그리고 콘돔, 프렌치 카페 같은 것도 엄청나게 팔렸는데요,

사실상 여덟 시간 동안 담배, 여명808, 컨디션, 콘돔, 캔커피만 팔렸다고 봐도 과언이 아니었습니다.

4시쯤 되면 손님 줄이 사라지고 갑자기 거리에 아무도 남지 않았습니다. 그때부터 뒷정리를 좀 하고, 혼미한 정신으로 앉아 깜빡깜빡 졸았습니다.

5시 반쯤 해가 떠오르면 (아마도 건물주로 보이는) 할아버지가 빗자루로 거리를 한 번 쓸고 편의점에서 담배를 한 갑 사갔습니다. 그걸 신호로 잠에서 깨 정리를 더 하고, 폐기 식품을 비닐봉지에 챙기고, 뒷타임 알바생과 교대하고, 털레털레 집으로 돌아왔습니다.

편의점에는 의외로 진상이 없었습니다. 왜일까요? 솔직히 지금 생각해도 모르겠습니다.

사람이 엄청 많고 술 퍼마시는 자리인데 진상이 없었다니. 아마도 당시 구월동은 주안, 부평 등과는 다르게 젊은이가 많이 모이는 곳이어서 그랬을지도 모릅니다.

일하다가 중학교 동창도 만났습니다. 분노조절장애가 좀 있어서 제 손등을 볼펜으로 찍어버린 애였는데, 지금도 손등에 그 흔적이 있습니다. 그 애는 고등학교에 적응하지 못해 중퇴를 하고 나이트에서 삐끼였는지 기도(문지기, 수질 관리하는 사람)였는지를 하다가 어느 술집 마담의 눈에 들어 그의 펫이 되었습니다. 그래서 세계여행을 다닌다고 했습니다. 당시 제가 아는 사람 중 가장 성공한(?) 사람이었습니다.

깡패들도 자주 왔습니다. 당시 구월동에서 가장 유명한 나이트는 '다이아나 나이트'였는데, 편의점 근처에 비슷하게 큰 규모의 나이트가 있었습니다. 그런데 그 두 나이트의 관리 주체가 달랐는지 뭔지 사정은 잘 모르지만 쌈박질한 깡패들이 새벽만 되면 돌아다녔습니다.

그들은 피 칠갑을 해가지고는 편의점에 들어와 "그 씨벌새끼… 아 씨벌. 다 죽여버렸어야 되는데!"를 연발했습니다. 그러면 다른 행님이 "아야, 네가 참아라. 너 이번에 가면 못 나온다" 같은 대사를 하곤 했습니다.

어느 날 그 행님이 갑자기 제게 오더니 말했습니다.

"저기 다방 커피 하나 줘보쇼."

저는 당황해서 대답했습니다.

"다방 커피는 없고 레쓰비가 있어요."
"아니, 그거 말고 다방 커피 있자네!"
"아니요, 없는데요. 믹스 커피 말씀하시는 거면 사서 타 드셔도 되는데….."
"아니! 아, 답답하네! 여기 직원들 먹으라고 되어 있는 거 없냐고!"
"아, 네…. 있죠… 네."

저는 휴게실에서 종이컵에 믹스 커피를 하나 타서 내왔습니다. 행님은 그 커피를 한 모금 하더니 "아따, 잘하네잉" 하고 주머니에서 1만 원짜리를 꺼내 주었습니다.
저는 그 귀인이 또 와서 다방 커피를 주문하길 바랐으나 그는 돌아오지 않았습니다.

2개월 차를 지나던 즈음, 제가 일하던 편의점에도 원 플러스 원 상품이란 것이 나왔습니다.

지금처럼 포스기에서 "원 플러스 원 상품입니다!
삐용삐용하나더가져가세요삐용" 같은 알림이 나오지도
않았고 심지어 가게에 잘 고지도 되어 있지 않았습니다.
알바생인 저조차도 행사를 모르는 경우가 허다했습니다.
심지어 손님들도 대부분 만취해서 사은품을 제대로 챙기지
않았습니다.

저는 '음, 원 플러스 원인데 손님이 하나만 사 갔으니
내가 하나 먹어도 되겠지?'라는 생각으로 음료수 한두 개를
먹었습니다.
그다음 날, 점장이 심각한 표정으로 CCTV를 보더니 제가
한 것이 엄연한 절도라고 했습니다. 어쩔 수 없이 경찰서로
가야 한다고요.

저는 솔직히 짜증 나긴 했지만 진짜 몰랐고, 죄송하며,
죗값을 치르겠다고 했습니다.
그런데 이상하게 점장이 경찰서로 안 가고 서약서를
작성하라고 했습니다. 그 서약서의 내용은 자신의 절도
행위를 인정하며 대신 한 달치 급료를 받지 않겠다는
것이었습니다.

당시 저는 서로 얼굴 붉히느니 차라리 이게 깔끔하다고
생각해서 서명을 했고 이렇게 제 첫 번째 알바는 끝났습니다.

두 번째 알바는 2010년 4개월간 한 과외입니다. 교대를
다니던 친척 누나가 주선해준 알바였습니다.

사실 저는 과외를 할 생각이 전혀 없었습니다. 과외는
보통 내신을 신경 쓰고 하는 경우가 대부분인데 학교 다닐 때
제 내신은 완전 폭망이었고, 대학 간판이 그렇게 나쁘지는
않았지만 수능 전문 과외는 저보다 나은 사람이 훨씬 많았기
때문입니다. 또 많은 돈과 시간을 들이는데 제가 그 학생의
인생을 책임져줄 수도 없었고요.

하지만 돈의 유혹에 넘어가 어쩔 수 없이 과외를 하게
되었습니다.

학생은 중2 남학생이었습니다.

문제는 이 학생이 요즘 방송에 나오는 '산만한 사람들'의
전형이라고 봐도 무방했다는 것입니다.

이 자식은 《가정교사 히트맨 리본》이라는 만화책에 푹
빠져 있었습니다. 아버지가 공부하라고 과외를 붙여놨는데

맨날 하라는 공부는 안 하고 《가정교사 히트맨 리본》만 본 거
또 보고, 본 거 또 보고 했습니다.

그리고 너무너무 산만해서 대화를 30초 이상 지속할 수가
없었습니다.

또한 이 녀석은 제가 화장실 간 틈을 타 제 폰에 있는 대충
여자로 보이는 연락처를 무작위로 찍어서 "사귀자"라는
문자를 보내버리는 만행을 저질렀습니다.

다행히도 "뭐야? 장난이지?"라는 대답만 돌아와서
대참사는 면할 수 있었지만(휴~), 그때 전 진짜 화가 나서
그놈 책장에 있던 《가정교사 히트맨 리본》을 싹 다 압수한 뒤
앞으로 숙제를 안 하면 이 책을 돌려주지 않겠다는 엄포를
놓았습니다.

하지만 그 친구는 꿈쩍도 하지 않았습니다.

처음 2개월은 그렇게 입씨름을 했지만 후반 2개월은 저도
포기하고 걔 방 침대에 드러누워서 학생이 문제를 풀든 말든
만화책만 보다가 나왔습니다.

결국 눈치를 챈 학생 아버지가 제게 이제 그만 나와도
된다고, 과외비는 미리 주겠다고 했습니다. 그렇게 인생

처음이자 마지막 과외는 끝나게 되었습니다.

과외 마지막 날 걔네 집 밖에 제 또래 남자 한 명이 어색하게 서 있었는데, 아마도 그 친구가 다음 희생자인 새 과외 선생님 아니었을지 생각해봅니다.

세 번째 알바는 2013년 3개월간 공장 생산 라인에서 일한 것입니다.

당시 저와 제 절친은 군대를 갓 전역한 상태였습니다. 절친의 아버지는 포장 회사의 사장이었습니다. 저도 정확히는 모르겠지만 '유통 포장'이라고, 물건을 다 만들어서 이 회사로 보내면 패키징을 해서 도매상에 보내는 일을 했습니다.

이 회사에서 프린터 토너를 비닐로 싸는 패키징을 했는데 제대로 안 돼서 다 헐거워지는 사건이 일어났습니다. 그래서 일종의 리콜 개념으로 프린터 회사에 포장 기계를 들고 가서 제 친구, 저, 모르는 여자애, 이렇게 셋이서 석 달 동안 포장을 다시 했습니다.

프린터 회사 생산 라인 구석에서 포장이 헐거워진 부분을 고열 프레스로 찍어 붙였습니다. 한 명은 가져다주고, 한 명은 찍고, 한 명은 정리했습니다. 단순노동이라 적성에 잘 맞았고 시급도 최저시급보다 좀 더 높아서 좋았고, 무엇보다 또래들끼리만 일하니 셋이 엄청 친해졌습니다. 이 친구들과는 지금도 연락하고 있습니다. 프린터 회사 입장에서 우리는 외부인이라 우리에게 말을 잘 안 걸어서 셋이서 일하고 밥 먹고 누워 있고 이런 것도 좋았습니다.

밑에 익숙해진 후에는 온종일 셋이서 손으로는 라인 돌리고 입으로는 농담 따먹기를 했습니다. 다만 이 프린터 회사가 좀 외지에 있어서 매일 새벽 친구 집 가서 친구네 아버지가 태워주는 차로 이동해야 했습니다. 그래서 출퇴근이 좀 빡셌습니다.

네 번째 알바는 2014년 3개월간 화장품 회사에서 마케팅 일을 한 것입니다.

굉장히 뜬금없는데 당시 디자인 업계에 종사하던 여자 친구가 소개해준 알바였습니다. 저의 센스를 굉장히 높게 사서 "주변에 좀 감각 좋은 애 없냐"라는 말에 저를 그냥

닥치고 밀어 넣은 것입니다. 당시 여자 친구는 제가 폴더를
정리하는 것을 보고 '아, 얘는 뭘 해도 잘할 애다'라고
생각했다고 합니다(어이가 없다).

문제는 제가 해야 하는 업무가 생전 해본 적 없는 마케팅
업무였다는 것이었습니다.
사무실은 부천에 있었는데, 원래 사장님 혼자 있는 1인
기업이었지만 저까지 두 명이 작은 사무실에 달랑 앉아
있었습니다.

회사 대표님은 '제품엔 자신 있다. 다만 홍보가 부족하다'고
했습니다.
제가 봐도 그렇긴 했습니다. 제품 자체는 좋은 것
같았습니다. 그렇게 비싸지도 않았고요.

문제는 홍보를 제가 해본 적이 있어야죠….
그래서 진짜 열심히 했습니다. 집에서 목욕하면서도
마케팅 책을 보면서 고민을 했습니다.
당시에는 바이럴 마케팅 같은 게 활성화되어 있지 않아
신흥 SNS로 떠오르던 인스타그램에서 무차별적으로 제품을

협찬해서 바이럴 효과를 노리기로 했습니다. 그때는 협찬 의무를 알릴 필요도 없어서 인스타그램은 그냥 바이럴 무법 지대였습니다. 그래서 팔로워 1만 명이 넘고 제품 협찬만으로도 게시물 업로드가 가능한 인스타그래머의 목록을 뽑고 그 사람들에게 제품 협찬을 해줬습니다.

지금은 이런 방식이 기본 중 기본이지만 당시 사장님은 이를 너무 낯설어해서 적극적으로 제품을 뿌리는 것을 좀 망설였습니다. 사실 사장님이 하고 싶었던 건 이런 바이럴이 아니라 네이버를 통한 노출이었는데 자꾸 제가 인스타그램 광고를 하자고 고집을 피웠습니다.

그래서 저의 꿈은 일찌감치 접고 네이버 스토어를 관리하고 카페24를 독학해 메뉴랑 버튼 같은 것을 가독성 좋게 바꾸었습니다.

그 외엔 진짜 아무것도 안 했습니다. 가끔 인스타그램으로 상품 뿌리는 것 정도? 그런데 그거는 솔직히 DM 몇 분만 하면 되는 일이었고 별로 성과도 없어 보였습니다.

3개월 동안 일을 하면서 계속 생각했습니다.

'난 진짜 월급 도둑이다. 어떻게 이렇게 실적도 없이 돈을 쪽쪽 빨아먹지? 사장님이 속으로 날 뭐라고 생각할까? 사장님이 나 나가길 원하는 거 아닌가? 마음 약해서 말 못 하는 거 아닐까?'

그래서 거의 야반도주하듯이 "제 능력 부족으로 여기까지만 하겠습니다" 하고 나왔습니다.

사장님이 인자한 미소와 함께 자기는 돈보다는 사람을 남기고 싶다며, 더 일해볼 생각 없냐고 물었지만 제가 너무 창피해서 그냥 나왔습니다. 사장님은 그날 일한 거까지 다 쳐서 돈도 바로 입금해주었습니다. 부끄러워서 부천 쪽은 한동안 지나가지도 못했습니다.

인생 최고로 자존감 깎인 시기인 듯합니다.

26
인생을 망치는 말투

아들　비행기 조종사가 되고 싶어요.

아빠　조종사는 아무나 되는 줄 아냐?

한 사람의 인생을 망치는 말투라고 합니다.

생각보다 이렇게 말하는 사람이 많습니다.

부모님이 아니라도 주변에 한두 명은 꼭 이런 비관적이고 남의 기분 망치는 말투를 가진 사람이 있단 말이죠.

요즘은 특히 대학교에서 자주 볼 수 있습니다.

"저 ○○ 전공해요" 하면 "그거 전부 AI로 대체되는 거
아님?" 이러는 놈들이 많습니다.

네가 AI에 대해 그렇게 잘 알아?
너는 AI 없어도 대체돼.
분위기 안 깨고 센스 있는 사람으로 대체된다고.

사실 이 정도는 뭐 실제로 가능성 있는 말인가 싶기라도
합니다.
예전에 AI가 없었을 때는 "네 전공 무인도 가면 아무 쓸모
없잖아" 이러는 놈들도 있었습니다. 저 역시 실제로 세 명 정도
만나봤습니다.
도대체 얘네가 왜 이러는진 모르겠습니다. 사회에서
무기력을 학습해서 그런 걸까요?

이런 말을 들으면, 논리적으로 대처하려고 하지 마세요.
그냥 말로는 "역시 그렇죠?" 하고
속으로는 '응 니 얼굴'이라고 대답하면 됩니다.

27
수면다원검사 후기

평소 잠을 깊게 자지 못하거나, 분명 열 시간 이상 잤는데도 일어나자마자 피곤한가요?

제가 바로 그 유형이었습니다.

저는 첫째, 잠에 제대로 들지 못했고요.

둘째, 잠에 들면 자꾸 중간에 깨어나기도 했고요.

셋째, 수면 질이 너무 좋지 않아서 출근하면 두통에 시달리곤 했습니다.

넷째, 수면 앱에 녹음된 파일을 확인하면 코 고는 소리에 지축이 울리더군요. 핸드폰 스피커가 터지지는 않을지 걱정이 되었습니다.

이런 증상을 몇 달 겪으니 살아도 사는 것 같지가 않았습니다. 그래서 결국 퇴근을 하고 수면 의원에 들러보았습니다.

의사 선생님께 "제가 이러이러해서 오게 되었습니다" 하니까, 구강과 기도 CT를 먼저 찍었습니다.

의사 기도가 좀 좁네요.

나 그렇군요.

의사 이러면 산소가 부족해서 입을 벌리게 되고 코를 골고 수면 질이
낮아질 수 있습니다.

나 그렇군요.

의사 혹시 키랑 몸무게가 어떻게 되시나요?

제 답을 들은 의사 선생님은 심각한 표정으로 마우스를 잡고 네이버에 BMI 계산기를 검색하더니 제 키와 몸무게를 입력했습니다.

의사 고도 비만이시네요.

나　　네.

의사　　이러면 살 때문에 기도가 눌려서 좁아지실 수 있습니다.

나

의사　　환자분 일단 살을 좀 빼셔야 할 것 같습니다.

나

이후 저는 20킬로그램을 감량해 현시점 고도 비만을 탈출하였지만 그건 나중의 이야기였습니다.

아무튼 저는 12만 원을 내고 '수면다원검사'라는 것을 받아보기로 하였습니다.

수면다원검사가 무엇이냐, 실제로 병원에서 잠을 자며 각종 수면 관련 질환을 테스트하는 것입니다. 병원에서 잠을 잔다니 생각만 해도 신기해서 어릴 적 소풍 가는 날을 기다리듯 그날만을 손꼽아 기다렸습니다.

그리고 약속의 그날, 저는 퇴근을 하고 다시 병원으로 향했습니다. 병원 위층에는 모텔처럼 방들이 있었고 거기서 각종 장치를 붙이고 자면 되었습니다.

그런데 문제는 붙여야 하는 장치가 매우 많았다는 것입니다.

두피, 이마, 볼, 손가락, 허벅지, 팔뚝 그리고 목, 심지어 콧구멍에도 센서를 붙였습니다. 센서를 총 스무 개 정도 붙이고 선이 주렁주렁 달린 상태로 침실까지 터덜터덜 걸어가 누워 자야 했습니다. 애초에 잠을 못 자는 게 고민이어서 왔는데 낯선 장소에서 콧구멍에 센서 끼고 어떻게 자느냐고요.

저는 밤 10시부터 12시까지 누워서 왜 블루투스 센서는 없는 것인지를 생각했습니다. 그리고 공상을 하다가 더 이상 떠올릴 게 없어서 중학교 때 쓰던 판타지 소설 설정까지 점검했습니다.

밤 12시부터 새벽 1시까지는 '아 오줌 마려운데 지금 화장실 간다고 하면 좀 그런가'라는 생각을 했습니다. 아무래도 간호사님들이 야간에 근무해서 그런지 표정이 썩 밝아 보이지는 않았거든요. 그래서 진짜 한 서른 번 정도 고민했습니다.

'화장실 갈까 말까.'

'그냥 잘 수 있지 않을까?'

'내가 호출 벨을 누르면 제일 짬 낮은 간호사님이 오겠지.'

'아니다. 그건 너무 비인간적이니까 순번 정해서 누를
때마다 가는 걸까?'

'아니, 근데 이 정도는 할 수 있잖아. 나 같은 사람 많을 것
같은데.'

'그런데 이거 센서 다 뗐다가 붙여야 하나? 이거 붙이는 데
20분 걸렸던 것 같은데.'

'그냥 가지 말까?'

'그런데 오줌 마렵다.'

'자야 되는데.'

이런 고뇌를 하다가 마침내 방광이 터지기 직전인 새벽
1시에 호출 벨을 눌렀습니다. 역시나 예상대로 간호사님이
싸늘한 표정으로 방문을 열고 들어왔습니다.

"저 화장실에 가려고 하는데요."

간호사님은 대답했지요.

"다녀오세요."

"어떻게요?"

그분은 벽에 설치된 기계에서 제 몸에 있던 단말기만
분리하더니 그 단말기를 저에게 들려주며 말했습니다.

"이거 들고 다녀오시면 됩니다."

그리하여 저는 온몸에 센서 스무 개를 부착한 상태로
슬리퍼를 질질 끌며 화장실로 향했더랬죠. 꼭두각시 인형처럼
온몸에 줄이 연결되어 있었기 때문에 굉장히 불편해서 한
걸음에 약 10센티미터 정도만 움직일 수 있었습니다.

그런데 아무래도 방광이 터질 것 같으니 걸음이 급해질
수밖에 없었고 화장실 앞에서 두두두둑 소리와 함께 제 다리
쪽에 붙어 있던 센서들이 모조리 떨어져나가고 말았습니다.

일단 급한 일을 처리한 저는 그 센서들을 허망하게 손에
들고 거울 앞에서 우두커니 서 있었습니다.

'이거 다시 붙여달라고 하면 또 그 싸늘한 눈빛 공격을

받겠지….'

저는 최대한 기억을 살려 떨어진 센서를 다시 제 다리에 붙였습니다. 다행히 접착력이 살아 있어 잘 붙더군요. 센서가 떨어지지 않게 어기적어기적 다시 침실로 걸어가 이번에야말로 잠에 들려 했습니다.

시간도 늦고 해서 30분 지나니까 좀 잠이 오려고 하는데… 갑자기 침실 문에 똑똑하는 노크 소리가 들리는 거예요.

"환자분? 움직임 감지가 안 되어서 왔습니다."

그렇습니다. 센서를 대충 붙인 결과 제 생체 정보가 전달되고 있지 않았던 것입니다.

실시간으로 모니터링하던 간호사님들이 '이 사람 뭐지? 죽어버린 건가?' 싶어 들어온 것 같았습니다. 세 간호사님들이 제 주위를 분주하게 돌며 기계를 점검하기 시작했지요. 그중 한 분은 침대 위로 올라와서 제 몸을 막 위로 넘나들었는데 그 과정에서 잠이 싹 다 깨버렸습니다.

저는 다음에 이런 비슷한 일이 일어난다면 전문가에게
도움을 요청할 것을 명심하며 후회하느라 2시까지 잠을 자지
못했습니다.

그러자 다시 한 번 침실 문을 노크하는 소리가 들리더군요.
이번엔 의사 선생님이었습니다. 수면제 한 알을 들고
왔더라고요. 모니터링하는데 제가 너무 잠을 못 자서 도움을
주러 왔다고요.

수면제를 먹고 30분 만에 잠들긴 했는데요, 약 세 시간
후인 5시 30분, 너무 잠을 얕게 잔 나머지 옆방 샤워 소리에
잠을 깨버렸습니다.

저는 이번에는 주저하지 않고 호출벨을 눌렀습니다.

나   선생님, 이제 진짜 못 잘 것 같아요. 집에 갈게요.

의사   환자분, 그런데 잠을 너무 짧게 주무셔서 더 주무셔야 제대로 된

        결과가 나올 것 같습니다.

나   그런데 저 진짜 이제 못 자요…. 저 집에 보내주세요.

의사   그럼 귀가하시겠어요?

나   네….

그리하여 병원을 나와 해도 뜨지 않은 새벽에 버스를 타고 집에 갔습니다. 그리고 센서 없이 내 방 침대에서 자는 것에 감사함을 느끼며 바로 드르렁해버렸습니다.

며칠 후 결과가 나왔습니다.

'코골이가 좀 있긴 한데 심각한 수준이 아니라 양압기 대여 보험 처리가 안 된다'는 다소 썰렁한 결과였습니다.

그날 이후 저는 소중한 교훈을 얻었습니다.

'그냥 어지간하면 자라.'

확실히 그날 그 불편한 잠 이후로 어지간한 상황에서는 감사함을 느끼며 잘 잘 수 있게 되었습니다. 또한 다이어트도 시작해서 코골이도 많이 완화되었고요. 하지만 이는 저의 주관적이고 황당한 경험이니 비슷한 상황이라면 꼭 전문의 상담을 받아보는 것을 추천합니다.

28

이룬 것이 없다는 생각이 들 때

저 역시 이런 생각을 자주 하고는 합니다.

'나는 왜 이 나이를 먹고도 아무것도 이루지 못했는가?'

이 생각이 처음 들었을 때가 언제인고 하니 텔레비전에 나오는 아이돌의 나이가 전부 저보다 어린 것을 발견한 시점이었습니다. 약 20대 중후반 정도일 때겠군요.

저들은 벌써 텔레비전에 나와서 커리어를 쌓아가는데 왜 나는 아무것도 하지 않고 방구석에서 텔레비전이나 보고 있느냐는 의문이었습니다.

하지만 그것조차 배부른 고민이었습니다.

지금 제 나이는 30대 중반입니다.

운동 경기를 봐도 저보다 나이가 많은 선수가 거의
없습니다. 제 또래는 거의 은퇴했거나 커리어 막바지에 이른
선수들입니다. 슬슬 위기감이 느껴집니다.

구글에 '나이만 먹고 이룬 것이 없다는 생각이 들 때'라고
검색해봅니다.

감성적인 사진을 배경으로 "당신의 노력은 당신만이
알아줄 수 있어요"라는 글이 떠 있습니다. 위기감을 넘어
좆됐음을 느낍니다. 노력도 안 했는데….

다시 생각해봅니다.

'인생에서 뭔가를 이룬다'라는 말은 어떤 뜻일까요?

특정 성과에서 자신 혹은 타인의 기준치를 달성해야
한다는 말일 것입니다.

그렇다면 저는 왜 그것을 원하는 걸까요?

좀 더 공격적으로 말하자면 제가 왜 그것을 원해야 하는
걸까요?

제가 달성하고 싶었던 기준치는 제가 스스로 원하던

것이었을까요? 아니면 타인이 저에게 바라던 것이었을까요?
둘 다 아니고, 주변의 시선을 의식해서 '대충 이 정도 나이면
이 정도는 이루어야 하지 않을까?'라고 무의식중 자신을
압박해온 결과물일까요?

　확실한 것은 제가 스스로 원하던 것은 아니었다는 것이고,
즉 그것은 제가 달성하고 싶었던 것이 아니라는 것입니다.
　그렇다면 저는 살면서 어떤 것을 이루어야만 할까요?
　그 전에 꼭 뭔가를 이룰 필요가 있을까요?
　저는 왜 항상 뭔가를 이루려 하고, 뭔가를 놓쳤다는 생각에
쫓겨 움직였을까요?

　인간의 삶은 본질적으로 어떤 목적도, 객관적 의미도,
절대적 가치도 가지고 있지 않습니다. 태어난 김에
산다는 말은 그러니 잘못된 말이 아니지요. 모든 인간은
태어났으므로 살아갑니다.

　'이룬 것이 없다'라는 생각에 대한 저의 결론은 이러합니다.
　'애초에 나는 이루어야 하는 것이 없고, 타인도 나에게 그걸
강요할 수 없다.'

29

힘든 시기를 넘기는 방법

블로그를 운영하다 보면 여러 사람을 만나게 됩니다.
저마다 가지고 있는 고민도 제각각입니다. 그러다 보니
이런저런 넋두리가 들려오곤 합니다.

"후루꾸 님, ○○할 땐 어떻게 하나요?"
"후루꾸 님은 ○○를 어떻게 극복하셨나요?"

이런 질문을 받을 때, 저는 이런 생각을 하곤 합니다.
'그걸 알면 내가 이렇게 살겠니?
내가 선배 같아서 반말하는데 물어볼 사람한테

물어보거라.'

하지만 덜 힘들게 넘기는 방법은 알고 있습니다. 바로 '태양 폭발 기억법'입니다.

저는 고2 시절 성적이 너무 좋지 않았습니다. 마침 명절에 친척 집에 갔는데 공부 잘되냐고 물으시던 친척들에게 "어차피 제 성적이 잘 나와도 인류에 도움도 안 됩니다"라고 대답하며 회피했습니다.

태양 폭발 기억법은 태양은 언젠가 폭발하며 태양이 폭발하면 나를 기억하는 사람은 아무도 남지 않게 된다는 생각법입니다.

그렇습니다. 내가 이루는 성공과 실패는 어차피 인류 전체, 우주 전체 관점으로 봤을 때는 너무나도 미미합니다. 칼 세이건의《코스모스》도입부에서도 나오는 내용입니다.

이 창백한 푸른 점 위에서 당신이 취업을 하든 성적을 잘 받든 별로 중요한 일은 아니잖아요? 그런데 뭘 그렇게 신경 씁니까? 그게 우주의 명운이 걸린 것도 아닌데.

그럼 중요하지 않으니까 그냥 때려치우고 배 긁으면서

지구 멸망할 때까지 감자칩이나 먹으라는 말이냐고요?

그게 또 그렇지가 않습니다. 우주의 명운이 걸리기는커녕 우주적 관점에서 보면 작은 일이지만, 당신과 주변인의 관점에서는 큰 기쁨을 가져다줄 수도 있는 일이잖아요?

그러니까 힘들고 귀찮아도 싸워야죠.
그게 인생이고 인간입니다.

이런 말이 있습니다.

"어둠 속에서 성냥을 켜는 사람은
불을 발명하고 있는 것이다.
모든 일은 처음으로,
그러나 영원히 일어난다."
– 호르헤 루이스 보르헤스의 〈행복〉 중 일부 발췌

지금 뭔가 시작하세요. 그럼 그것이 영원해질 것입니다.
그러므로 미래는 걱정하지 말고 그냥 지금 이 순간만 사세요.

실제로 연구 결과도 있습니다. 걱정거리의 79퍼센트는

일어나지 않고, 16퍼센트는 미리 준비하면 대처할 수 있다고
합니다. 즉, 걱정이 현실이 될 확률은 5퍼센트인 것입니다.

그렇습니다.

당신이 지금 하고 있는 걱정은 5퍼센트 확률로 당신의
인생을 망하게 할 수 있습니다.

좀 큰일이네요. 생각보다 확률이 높은 것 같습니다. 하지만
그렇다고 해서 벌벌 떨고만 있을 건 아니죠? 지금 당장 할 수
있는 성냥 켜기를 하세요.

그러면 그게 당신의 인생을 영원히 바꿀지도 모릅니다.

그리고 제발 놀 거면 그냥 신나게 노세요.

놀다가 '아, 지금 내가 이 시간에 뭔가 하고 있어야
하는데'라고 생각하는 것은 아무 도움이 되지 않습니다.

노는 중에 이런 생각을 하면 제대로 그 시간을 즐길 수 없게
됩니다. 심지어 그렇다고 해서 그 시간에 자기계발을 할 것도
아니잖습니까?

제대로 휴식하지도 못하고, 발전하지도 못하고 그냥
스트레스만 받은 시간이 되는 것이니 완벽히 마이너스만 남는
손해이지요.

이럴 때 저는 어떻게 하느냐고요? 놀다가 갑자기 '아 잠깐만! 나 지금 놀고 있어도 되나? 미뤄놓은 일이 3853835억 개 있는데 그것부터 해야 하는 것 아닌가?'라는 생각이 들면, 바로 저 자신에게 일갈합니다.

'응 닥쳐 안 해.'

그럼 확실히 마음이 편해지더군요.

30

취향의 모순

제가 영화를 되게 좋아하는데요, 누군가가 제일 좋아하는
영화가 무엇이냐 묻는다면 대답하기가 굉장히 곤란합니다.
대답하는 시점마다 좋아하는 영화가 바뀌기 때문입니다.
언제는 〈알라딘〉이었다가, 언제는 〈베이비 드라이버〉였다가,
언제는 〈바스터즈〉였다가 아, 〈1917〉도 좋았지, 〈다우트〉도
좋지…. 그날 기분이랑 당장 생각나는 것에 따라서 대답이
달라지고는 합니다.

제가 원래 나는 이런 사람이라고 명확히 규정하는 것을
굉장히 꺼리기 때문입니다.

제가 5월 16일에 "나는 이런 사람이야"라고 말했다가, 5월 17일에 생각이 바뀌어 "나는 저런 사람이야"라고 말한다면 어떨까요?

5월 16일의 저와 5월 17일의 저는 엄연히 다른 사람입니다. 하지만 타인이 보기에는 그렇지 않을 가능성이 높기 때문에 제가 모순적인 사람으로 느껴질 수 있습니다.

그래서 저는 5월 16일에도 5월 17일에도 나는 어떤 사람이라고 말하는 것을 자제하고는 합니다.

뜬금없지만 모순이라는 단어의 유래를 아나요?

矛盾: 창 모(래퍼 아님), 방패 순.

어떤 상인이 무엇이든 뚫는 창과 무엇이든 막아내는 방패를 한자리에서 판 이야기에서 유래된 단어이지요.

하지만 이 상인이 창과 방패를 각각 서로 다른 시점에 팔았다면 어땠을까요?

그렇다면 모순이 아닙니다.

이 점을 유념하십시오.

어떤 명제건 어떤 가치건 시간의 흐름에 따라 변화할 수 있다는 것을.

그 시간의 흐름이 몇 년이든 몇 초든 간에요.

31

남들의 의견이 신경 쓰일 때

언젠가 주변의 목소리들이 당신을 굉장히 힘들게 하는 시기가 올 것입니다.

주변의 목소리뿐만 아니라 스스로를 괴롭히는 시기도 옵니다.

누구에게나 그런 순간은 찾아옵니다.

저도 그런 적이 있습니다.

다른 친구들은 전부 유학이니 대외활동이니 하는 걸 보며 저 역시 뭔가를 해야 한다는 막연한 불안감 때문에 계획조차 없었고 전혀 하고 싶지 않았던 워킹 홀리데이를 준비했던 적이 있습니다.

출국 일주일 전, 아무것도 준비된 건 없고 비행기 타는 날짜만 계속 다가오는 상황에서 초조함에 동네 서점으로 가 워킹 홀리데이 관련 책을 찾아봤습니다. 아무 책이나 집어 들고 책장을 휘리릭 넘기는 중 이런 글을 읽었습니다.

"당신이 언어도 준비되지 않았고 그냥 생각 없이 워킹 홀리데이를 간다면 오히려 시간만 낭비하는 일이다."

당연한 말이죠?

그런데 제 상황이랑 너무 똑같아서 그 글을 본 순간 뒤통수를 맞은 것 같았습니다.

결국 저는 비행기 티켓을 수수료까지 물며 취소하고 워킹 홀리데이를 가지 않았습니다.

아직도 그 결정은 후회하지 않습니다.

사실은 가고 싶지 않았기 때문입니다.

우리 유전자에는 생존 본능이 각인되어 있고, 그 생존 본능 때문에 불안감을 느끼고, 불안감 때문에 자연스럽게 타인과 자신을 비교한다고 설명하는 사람도 있습니다.

사실 모두 알고 있습니다.

우리는 아무 생각 없이 남들이 트랙 위를 뛰는 걸 보며 그걸
쫓아 뛰려고 태어나지 않았습니다.

우리는 행복하기 위해 살고 있습니다.

맞죠?

우리는 비교하고 미워하기 위해 사는 것이 아니라
사랑받고 사랑하기 위해 살고 있습니다.

맞죠? 맞죠? 맞죠?

인정하죠?

인정해.

왜 인정을 안 해.

그래 인정하는 모습 보기 좋아.

그러니까 미래에 보상이 온다는 헛된 착각 대신 이 순간
당신 옆에 있는, 지금이 아니면 즐길 수 없는 것들을 즐기세요.

내가 잘되면 주변에 있는 사람이 바뀐다는 인스타그램 재무설계사들이나 할 생각을 하는 대신 이 순간 당신 주변에 있는 사람들을 사랑하세요.

행복은 미래에 있는 것이 아니라 지금 바로 여기에서 시작됩니다.

"슬슬 연애를 해야지."
"학점은 몇 점 정도를 맞아야지."
"결혼은 몇 살 전에는 해야지."

이런 목소리들이 당신을 괴롭히지는 않는지요.

저는 그냥 과감하게 무시하기를 권합니다.

왜냐하면 그 목소리가 우리 사회의 보편적인 합의사항을 말하고 있으면 모르겠는데 또 그렇지도 않기 때문입니다. 그런 말을 하는 사람들은 그냥 자기 생각을 말하고 있는 겁니다.

학교 다닐 때 어땠습니까?

시험을 봐요. 그러고 나서 선생님이 공식 답안을 내놓기 전까지 애들끼리 답 맞춰보잖아요? 그러면 꼭 틀린 답을 말하는 놈들이 있습니다.

그런 놈들의 특징은 목소리도 겁나 큽니다.

얘네가 얼마나 목소리가 크고 말투가 당당하냐면, 맨날 100점 맞는 전교 1등도 거기에 현혹되어서 조용히 자기 시험지에 가위표 치고 눈물 흘리게 만들거든요?

인생을 살다 보면 이런 존재들이 계속 나올 겁니다.

틀려놓고 당당하게 소리치는 사람들이요.

거기에 하나하나 휘둘릴 필요는 없어요.

그냥 본인 생각대로 사세요.

알겠죠?

32

모르는 걸 모른다고 하기엔 너무나 몰라서

"모르면 물어봐."

군대에서도 회사에서도 여러 번 들어본 말입니다.

이 말의 함정은 보통 이런 말을 듣는 사람들은 자기가
뭘 모르는지도 모르는 단계라는 것입니다. 즉, 모르면
물어보라는 말에 내포된 함의는 뭐냐? '내가 지금 뭔가
알려주진 않을 건데 네가 뭔가 이상한 짓을 하면 사전에
확인하지 않은 네 책임으로 간주하겠다'라는 일종의 회피적인
발언입니다.

저도 실제로 이런 적이 많습니다.

예전 직장에서의 일입니다. 제가 몇 달 동안 해야 하는 어떤 일을 못 했던 적이 있습니다. 그래서 왜 이런 걸 챙기지 못했느냐고 혼났습니다. 엄청 중요한 일은 아니고 나중에 몰아서 해도 되는 그런 작업이었죠.

하지만 사실 저는 그게 제가 해야 하는 일인지 몰랐습니다. 애초에 그런 작업이 있었는지도 몰랐다는 것이죠.

그래서 혼나면서 억울했느냐면 그렇진 않았습니다.
저는 제가 해야 하는 걸 알면서도 놓친 일에 대해서는 수치심을 느끼지만 제가 몰랐던 일에 대해서는 아무 생각이 들지 않기 때문입니다.

"모르면 물어봐" 같은 말을 들으면 "저는 제가 지금 뭘 모르는지도 모르는데요?"라고 대답하면 됩니다.

그런데 이런 말을 입 밖으로 내뱉으면 상대에게 좀 폐급 같다고 오해를 받을 수도 있잖아요?

그러니 그냥 그렇게 속으로 답하면 됩니다.

그리고 나중에 혼나도 그냥 '몰랐는데 어쩌란 거지?'라고 혼자 생각하면 됩니다.

33

무례한 사람들을 대하는 방법

살다 보면 무례한 사람들을 마주치게 됩니다.

이 사람들은 잊을 만하면 꾸역꾸역 어디서 나옵니다. 젖니가 빠지고 영구치가 나오는 것처럼 인생에 필연적으로 준비되어 있는 이벤트 같기도 합니다.

수많은 무례한 사람들을 보며 깨달은 그들의 공통점은 하나같이 재미도 없다는 것입니다. 진짜 웃기기라도 하면 어떻게 참아주겠는데 재미가 하나도 없어서 더 화가 납니다.

왜 이런 현상이 나타났을까요?

'그들의 지능이 낮아서'라는 가설을 제시해볼 수 있습니다.

첫째로, 숨 쉬듯 무례를 범하는 사람들은 높은 확률로
자신만의 세계에 갇혀 있을 것입니다. 즉, 상대의 주관적
세계를 받아들이지 못하는 것이죠. 그 말은 곧 공감 능력이
떨어진다는 것입니다.

"공감도 지능이다"라는 말이 한때 유행한 적 있습니다.
공감 능력과 지능의 상관관계가 유의미하게 밝혀지지는
않아 정설로 받아들이기는 어렵겠지만, 이 문장에 많은
사람이 공감한 까닭은 그만큼 와닿았기 때문일 것입니다.
공감 능력이 떨어진다는 것은 곧 상대의 관점에서 생각하는
통찰력이 떨어진다는 말이니까요.

그렇다면 둘째로, 이 사람이 지능이 낮아 무례하다면
반드시 이 사람은 재미도 없을 것입니다.

왜냐하면 재미, 즉 유머라는 능력은 실제로 지능과
상관관계가 있습니다. 이건 진짜 연구로 밝혀진 사실입니다.
남을 잘 웃기는 사람은 대체로 IQ도 높습니다.

유머란 지적 민첩함의 상징입니다. 타인의 관점을 이해하지 못하는 사람이 타인에게 재미를 줄 수 있을 리 만무합니다.

자, 그렇다면 이런 멍청이들에게 어떻게 대처해야 하느냐?

첫째는 요구사항을 들어주지 않는 것입니다.

식당에 두 명의 손님이 있습니다.

실제로 뭔가 문제가 있어 논리적이고 침착하게 클레임하는 손님과 실제로 아무 문제가 없는데 소리를 지르는 개진상.

둘 중 누구의 요구사항이 채택될까요?

논리적으로 봤을 때는 전자이지만 실제로는 후자의 요구사항이 채택될 확률이 높습니다.

회사에서도 마찬가지입니다.

고과에 불만이 있는 두 직원이 있습니다.

굉장히 나긋나긋하게 논리적으로 항변하는 직원과 갑자기 회사에 엄마를 데려와서 같이 소리 지르는 직원.

불합리하게도 후자의 불만이 채택됩니다.

이들은 왜 계속 이렇게 행동할까요?
과거에 이렇게 행동했는데 먹힌 전적이 있기 때문입니다.

쓰레기는 제일 먼저 본 사람이 치우는 게 맞습니다. 당신이
이 악의 굴레를 끊어내세요. 동시에 이런 방식이 먹히지
않는다는 것을 학습시켜야 합니다.

이때 명심할 것은 이 과정에서 당신 또한 같은 사람이 될
필요는 없습니다. 그 사람과 다르다는 것을 끝까지 증명하면
됩니다.

둘째로 모든 것에 반응할 필요는 없습니다.

무례한 사람의 모든 언행에 리액션할 이유는 없습니다.
가끔은 반응하지 않는 것이 자기 자신을 지키는 행동이 될
수도 있습니다.

셋째로 모르는 척을 할 수 있습니다.

무례한 언행에 "그게 뭐예요?"라고 질문하는 방법입니다.
상대가 뭐라고 설명하면 또 "그게 뭐죠?"라고 되묻습니다.
이를 끝까지 반복합니다.

그럼 상대는 그걸 설명하는 스스로에게 부끄러움을 느끼게
됩니다. 혹은 당신을 상대하는 것을 포기하게 됩니다.
필살기이므로 너무 자주 사용하지 않는 것을 권장합니다.

넷째로 긍정적으로 생각하는 것입니다.

이건 무례한 상대에게 직접 대응하는 방식이라기보단, 이
험한 세상에서 당신을 지키는 일종의 호신술입니다. 패시브
형태의 방어 오라라 할 수 있습니다.
무례한 사람의 언행을 이해하려 하고, 그 사람이 그렇게
사고하고 행동하게 된 환경을 찾아보고, 나아가 그 사람의
긍정적인 점을 알아봐주는 것이지요.

그럼 그 사람을 대하는 당신의 태도가 바뀌게 될 것이고,
아무리 멍청한 사람이라 한들 그 사람은 당신에게 더 이상
예전처럼 무례하게 굴지는 못할 것입니다.

물론 이게 먹히지 않는 사람이 있습니다.

도저히 긍정적인 면을 찾아볼 수 없는 사람이 있을 수도 있고, 내가 이 사람을 10만큼 잘 대해줘도 1도 돌려주지 못하는 새끼가 있을 수도 있지요.

다음부터는 그런 사람에게 대처하는 방법입니다.

다섯째는 맞짱 까기입니다.

실제로 20대 초반까지는 물리적인 공포가 상당히 잘 먹히기 때문에 이게 좋은 방법이 될 수 있습니다. 물리력으로 상대의 몸에 충분한 교훈을 심어주면 예전처럼 나대지는 못하게 됩니다.

다만 체급 차이가 너무 나거나 당신의 사회적 지위 혹은 체면이 맞짱을 뜨기에 부담스럽다면 다음 방법이 있습니다.

여섯째로 앵무새 되기입니다.

자신이 〈메이플스토리〉 게임의 고급 확성기가 되었다고 생각하고 상대의 발언을 그대로 주변에 전파하는 방법입니다.

"와, 방금 A 씨가 ○○○래요!"

무례한 사람들은 높은 확률로 상황과 사람을 봐가며
무례하므로 이렇게 자신의 발언이 불특정한 상황과 사람에게
드러나면 상당히 당황스러워합니다. 이를 몇 번 반복하면
교화될 수도 있습니다.

물론 이것도 하기 힘들 수 있습니다. 그럴 때는 다른 방법도
있습니다.

일곱째로 단호하게 싫다고 말하는 것입니다.

많은 사람이 어딘가에서 혹은 누군가에게 인정받기 위해
무례함을 감내하고 있을 것입니다.

하지만 저를 믿고 단 한 번만이라도 "이런 이야기 듣고
싶지 않습니다"라고 말해보면 어떨까요?

모두의 마음에 들 수는 없습니다.

그럴 필요도 없습니다.

이렇게 하면 정말 많은 것이 바뀔 거라고 약속할 수
있습니다.

하지만 이것도 못 하겠다는 사람에게는 최후의 수단을
소개하겠습니다.

여덟째는 버티기입니다.

앞서 일곱 가지 방법을 소개했는데도 아무것도 못
하겠다면 그냥 버티기를 추천합니다.

버티기가 좀 멋있지 않다고 생각할 수도 있지만 〈리그
오브 레전드〉의 가장 용맹한 전사, 올라프의 W 스킬이 바로
버티기입니다.

이처럼 버티기 또한 강인한 행동입니다.

생각보다 버티는 것도 할 만합니다.

잠시만요, 진지하게 받아들이는 것은 아니죠?

반어법입니다. 정말, 어지간하면, 버티지 말라는 말입니다.

무례한 사람들이 준 상처를 상대적으로 덜 무례한 사람이
감내하는 모습을 보면 너무 꼴받을 것 같습니다.

그러니 정말 어쩔 수 없는 순간에서만 버티세요.

그리고 저항하세요.

34

냉소는 도움이 되지 않는다

그런 시절이 있었습니다.

무엇이든 대단하다고 느끼지 않는 게 멋있어 보이던
시절이요.

다른 사람들은 다 펑펑 우는 영화를 보고 평론가에 빙의해
안경을 쓱 올리면서 "아… 너무 감정에 호소하는데. 별론데요?
제 별점은 1.9"라고 하거나

다른 사람들은 다 "우아, 맛있다" 하는 식당에서 밥을
먹고 고든 램지에 빙의해서 "고기가 너무 많이 익었는데?
재료 본연의 맛이 어쩌고" 하던, 패버리고 싶은 시절이

있었습니다(물론 실제로 그랬다는 게 아니라 그냥 대충 이런 식으로 생각하고 이야기했다는 겁니다).

미디어에 나오는 전문가들이 신랄한 독설을 쏟아내면 그걸 보고 우리는 대리만족합니다. 거기서 멈추지 않고 우리를 그 평론가에게 투영하죠. 그럼 스스로 뭔가 고상한 취향을 가지고 있으며, 남들보다 더 알고 있다는 착각에 빠지게 됩니다. '일반적이고 평범한 것'에 열광하는 대중과 자신을 분리하며 자아효능감을 채우는 것이죠.

제가 친구들과 놀이공원에 갔을 때의 일입니다.
자칭 '놀이기구 전문가'인 한 친구는 옆에서 사람들이 소리를 지르고 스릴에 젖어 있을 때 계속 "시시하다" "여기 ○○로 유명하다더니 별것 없네" "시간 낭비다"라고 하더군요.

그 친구는 사실 놀이공원에서만 그랬던 것이 아닙니다. 영화를 봐도, 방 탈출 게임을 해도, 게임을 해도 시시하다는 말뿐이었죠.

제가 그 친구를 보며 '우아, 쟤는 정말 심미안이 뛰어나고 각종 분야에 일가견을 가진 친구구나'라고 생각했을까요?

　　당연히 저도 한 심술보 하니까 아니겠죠.
　　저는 그 친구를 보고 '재미없으면 꺼져'라는 생각을
했습니다.

　　냉소적인 태도는 대부분 도움이 되지 않습니다.
　　몇몇 사람들은 냉소적으로 반응하며 그러지 않는 사람보다
우위에 섰다고 생각하지만 실제로는 그렇지 않죠.

　　냉소적인 태도는 출근길 빵집 앞을 지나며 향기로운
냄새를 맡는 기쁨을, 오랜만에 연락이 온 친구의 메시지를
보고 떠올리는 추억을, 재미없는 영화를 보고 두고두고 씹을
거리가 생겼다는 농담을 빼앗을 뿐입니다.

Part 4

그렇게 후루꾸가 된다

35

김훈욱과 시골 소녀

"응애, 응애."

1990년 10월 11일.

"응애, 응애."

청주의 한 산부인과.

"응이애, 응이애."

김훈욱이 태어나자 병실의 의사와 간호사들은 우렁차게 울었습니다.

사실 원래 그의 이름은 훈욱이 아니었습니다. 할아버지가 가져온 이름이 있었는데 정혁인가 정협인가 아무튼 뭐 실제로 쓴 이름은 아니므로 별로 중요한 정보는 아닙니다. 왜 갑자기 이 이야기를 시작했는지는 모르겠고 아무튼 김훈욱은 그렇게 세상에 태어나버렸습니다.

그가 살던 곳은 청주의 용담동이라는 작은 시골 마을이었습니다. 거기서 부모님과 외조부모님, 친척들과 같이 살았는데 과장이 아니라 진짜 시골이었습니다. 주민들의 90퍼센트 이상이 농업에 종사했고, 고령화가 일찍이 진행되어 초등학교 한 학년에 열 명도 있지 않았으며, 소와 닭, 개를 풀어 키우고는 했습니다. 외할머니 집은 말 그대로 초가집보다 좀 나은 수준이었습니다.

이런 마을 환경에 스마트폰은커녕 인터넷도 보급되지 않은 그 시절, 아이들이 도파민을 생성할 콘텐츠라고는 첫째, 벌레 관찰하다가 죽이기, 둘째, 괴성 지르면서 동네 뛰어다니기 이

두 가지밖에는 없었습니다.

그러나 우리의 주인공 김훈욱은 어렸을 적 벌레도 마음이 있고 생각을 할 수 있다는 자기 혼자만의 상상을 하고 있었기 때문에 벌레를 절대 죽이지 않았습니다. 모기나 개미 같은 해충도 죽이지 않았습니다(지금은 보이면 1초 안에 죽입니다).

김훈욱이 할 수 있었던 '잼컨'이라고는 동네를 뛰어다니는 것밖에는 없었습니다. 그러나 김훈욱이 이때 미처 깨닫지 못한 것이 있었으니 그의 보디 밸런스가 태생적으로 그다지 좋지 못했다는 것입니다.

그래서 그는 뛰다가 자꾸만 넘어졌습니다. 전속력으로 뛰다가 자빠져서 두 번 정도 머리를 다친 후에야 달리기에 흥미를 잃었습니다.

설상가상 그는 몸도 별로 좋지 않았습니다. 이유 없이 코피를 흘리거나 놀이터에서 놀다가 쓰러지는 일이 허다했습니다.

그래서 한글을 뗀 이후로는 밖에 나가는 대신 집에서 책을 읽기 시작했습니다. 처음에는 엄마가 사준 80권까지 있는 위인전집을 다 읽었고 그 후에는 아빠 서가에 있던 책을 꺼내서 읽었습니다. 읽을 게 없으면 읽었던 책을 한 번 더 읽었습니다.

그는 책을 너무 사랑한 나머지 어렸을 적 이상한 습관이 있었는데 그것은 바로 책배를 핥는 것이었습니다. 책배란 책등의 반대편을 의미하는데 아마도 종이가 가지런히 모여 있는 것을 핥는 느낌이 좋았나 봅니다.

아무튼 이건 중요한 게 아니고 그는 활자 중독 수준으로 책을 많이 읽었습니다. 심지어 나중에는 가족들 일기장도 훔쳐봤습니다.

책을 많이 읽어서 그런지 김훈욱은 어린 시절 매우 영특했습니다. 유치원에 들어가기도 전에 구구단은 물론 나눗셈과 음수의 개념까지 이해한 상태였습니다.

그러나 김훈욱의 아버지는 자식이 너무 오만해질 것을 염려한 나머지 "훈욱이는 천재까지는 아니고 평균 정도네"라고 말했으나, 김훈욱은 태생부터 반골 '거꾸로 맨'이었기 때문에 그 말을 한 번 꼬아 들어서 자신이 천재라고 확신했습니다.

김훈욱은 본인의 아빠가 자신의 천재성을 질투해서 그를 견제한다고 생각했습니다. 하지만 아무 근거 없이

그런 생각을 한 것은 아니었고, 주변 아이들이 자기에 비해
너무나도 멍청해 보여서 그렇게 생각했습니다.

맨날 코딱지나 파고 지렁이 들고 뛰어다니고 그런
아이들을 보며 김훈욱은 '난 저들과 다르다'라는 선민의식에
사로잡혀 있었습니다.

아무튼 그렇게 그는 유치원에 들어갔는데 그때까지도
몸이 좋지 않았습니다. 걸핏하면 코피를 흘려 교사들을
당황시키고는 했습니다.

그래서 유치원을 1년만 다니고 나머지 1년은 제대로
나가지도 못했습니다. 하지만 김훈욱은 슬퍼하지 않았습니다.
유치원에 제대로 적응하지 못했기 때문입니다. 유치원에서
배우는 것이라고는 이미 다 아는 한글이나 알파벳, 구구단
아니면 재미없는 율동 정도였고, 또래들이랑 노는 게
재밌지도 않아서 자유 시간에는 구석에서 책만 읽었습니다.

그래서 그는 유치원에 나가는 대신 집에서 비디오 게임을
하거나 〈알라딘〉을 무한 재생하거나 역시나 책을 읽었습니다.

텔레비전은 보지 않았습니다. 왜냐하면 당시의 그는
사람들이 떠드는 소리를 들으면 굉장히 스트레스를 받았기

때문입니다. 그래서 두 살 터울의 동생도 무서워했습니다. 동생은 조금만 기분이 나쁘면 부부젤라 소리를 내며 식탁 밑으로 들어가 "다 죽여버릴 거야! 다 죽여버릴 거라고!"라며 몇 분이고 분이 풀릴 때까지 소리를 지르는 A급 금쪽이었습니다.

김훈욱은 그런 동생을 보며 '나는 점잖고 빨리 철들어서 다행이다'라고 생각했습니다. 본인 역시 세상과의 소통을 단절하고 매일 책만 읽으며 또래들과는 일절 대화를 하지 않고 어른이 말 시키면 자기가 읽은 책만 줄줄 외워서 늘어놓는 S급 금쪽이었다는 사실을 깨달은 것은 아주 나중의 이야기입니다.

김훈욱의 엄마(이하 훈욱맘)는 S급 금쪽이와 A급 금쪽이를 동시에 육아하는 게 힘들었는지 자주 친구들을 집으로 초대했습니다. 그중 김훈욱과 동갑내기 딸을 데려오는 옆 동네 친구가 있었습니다.

동갑내기 딸의 이름은 문예현. 문예현은 당시 김훈욱보다 키가 컸으며 성격이 굉장히 밝았고 심지어 김훈욱보다 똑똑한, 말 그대로 육각형 인재였습니다. 왜냐? 김훈욱이 맨날 〈알라딘〉 비디오 보고 《짱구는 못말려》《그리스 로마 신화》읽으면서 놀 동안 문예현은 착실하게 학업에 매진했기 때문입니다.

그렇게 김훈욱은 인생 처음으로 벽을 느꼈습니다.

약 7년의 인생 동안 김훈욱은 자신이 사회성이 부족한 것을 이미 알고 있었습니다. 뛰어난 두뇌로 그걸 커버할 수 있다고 생각했으나 예상보다 빨리 자기보다 사회성도 좋고 머리도 좋은 사람을 만나버렸습니다.

훈욱맘은 문예현을 굉장히 맘에 들어 해서 자주 놀러 오라고 하고 훈욱이랑 친하게 지내라고 했습니다.

문예현은 그러고 싶지 않아 보였는데 너무 착한 나머지 자신도 모르게 "네…"라고 대답했습니다. 예현맘은 별로 맘에 드는 눈치가 아니었습니다.

아무튼 문예현이 자발적으로 김훈욱과 놀기 위해 찾아오는 날은 없었습니다. 김훈욱은 또 한차례 좌절했습니다.

그렇게 재능의 차이를 느껴버린 김훈욱이 그 후로 공부를 열심히 했느냐면 그건 아니고 그냥 더욱 처놀았습니다.

36

김훈욱과 〈스노우 브라더스〉의 추억

앞서 말했듯 김훈욱은 유치원에 제대로 적응하지
못했습니다. 집에 가서 매일 유치원 다니기 싫다는 말만
반복했습니다.

유치원 선생님은 몇 달간 김훈욱을 지켜보더니 검사를
받아봐야 할 것 같다고 했습니다. 결과적으로 그러진
않았지만, 김훈욱은 초등학교에 입학하기 전까지 1년간
집에서 학습지만 풀었습니다. 당연히 그가 학습지를 혼자서
열심히 푸는 일 따위는 없었고 거의 어떻게든 답지를 훔쳐본
후 답을 옮겨 적는 단순 작업을 시행했습니다.

그럼 남는 시간에는 무엇을 했느냐?

당시에는 비디오 대여점이 성행해 거의 모든 비디오를 다 봤습니다. 비디오도 슬슬 질려갈 즈음 집에 있는 게임기로 〈스노우 브라더스〉를 했습니다.

김훈욱은 아무래도 나이가 어려서 그 게임을 엄청나게 못했습니다. 또 게임을 할 수 있는 시간이 훈욱맘이 잠깐 외출한 시간뿐이라 2스테이지를 가면 많이 간 것이었습니다. 그런데도 그는 질리지도 않고 이걸 매일 했습니다.

당시 김훈욱의 윗집에는 머리가 보통 남자애들보다 길고 엄청나게 마른 형이 살았는데, 이 형이 가끔 김훈욱의 집 문을 열고 놀러 왔습니다.

그 형은 맨날 집에만 있는 김훈욱이 불쌍했는지 부모님은 일하러 나가고 동생은 유치원 간 시간에 와서 김훈욱의 말동무를 해주고 밖에 데리고 나가서 온갖 악동 짓(벨 누르고 도망가기)을 했습니다.

김훈욱이 게임을 하고 싶다고 하면 〈스노우 브라더스〉를 같이 해주곤 했습니다. 그 형도 게임에 재능이 있는 건 아니었지만 그래도 김훈욱보단 잘해서 훨씬 짧은 시간에 김훈욱이 가보지 못한 스테이지를 보여주고는 했습니다.

그렇게 같이 놀다가 훈욱맘이 돌아오면 형은 금방 윗집으로 돌아가버렸습니다. 훈욱맘은 집에 초대받지 않은 손님이 놀러 오는 걸 싫어했기 때문입니다. 특히나 윗집 형은 장난기가 심한 편이라 더더욱 그랬습니다.

어린 나이임에도 불구하고 훈욱맘의 묘하게 불편해하는 기색을 눈치채고 집에 슝 돌아가 버린 것을 보면, 그 형은 상당히 공감 능력이 뛰어난 사람이었습니다.

그렇게 몇 달 동안 김훈욱과 놀아주던 형은 어느 날 김훈욱에게 이렇게 말했습니다.

"나 내일 이사 간다."

그런데 김훈욱은 어려서 이별이란 것이 무엇인지 몰라 "그렇구나"라고 싱거운 대답을 해버리는 대참사를 저질렀습니다.

이 말을 들은 형은 "아니, 너는 슬프지도 않냐?"라고 황당한 표정으로 물었습니다.

사실 이때의 김훈욱은 사회성이란 게 전혀 없던 관계로 진짜로 슬프지가 않았고 슬프지 않은데 슬픈 척하는 기술도 없어 "응. 안 슬픈데?"라고 대답했습니다.

김훈욱의 사이코패스적인 모습에 형은 완전히 정이 떨어져 버렸는지 고개를 저었습니다. 그러다 갑자기 김훈욱의 7년 인생에서 들어본 것 중 가장 이상한 질문을 했습니다.

"나 남자게, 여자게?"

당시 김훈욱은 사회성과 눈치는 밥 말아 먹었지만 퍼즐북을 많이 풀었기 때문에 출제자의 의도를 파악하는 스킬은 어느 정도 있었습니다. '굳이 이 질문을 한다는 것은 뭔가 답이 의외라는 것이다'라는 생각에 "여자"라고 대답했습니다.

당연한 말이지만, 김훈욱은 그렇게 대답하는 순간에도 형이 여자라고 생각하지는 않았습니다. 형은 형이니까요.
그런데 그 대답을 들은 형은 매우 놀라더니 "어떻게 알았어?"라고 대답했습니다.

김훈욱은 그때도 형은 당연히 남자라고 생각했고 이것이 더 큰 장난을 위한 밑밥은 아닐까 하고 단순하게 생각해버렸습니다.

그렇지만 형이 장난을 마무리하는 일은 없었고 그는 그대로 다음 날 이사를 가버렸습니다.

이것까지도 그의 장난이었던 것일까요?

아직도 풀리지 않는 의문이지만 몇 가지 가능성을 생각해보면

1. 형은 진짜로 여자였는데 김훈욱이 하도 형이라고 불러서 마지막에 정정해준 것이다.
2. 형은 남자였고 김훈욱을 영원히 열받게 하기 위해 끝나지 않는 장난을 치고 떠나버렸다.
3. 형은 성 정체성에 혼란을 겪고 있었다.
4. 형은 《란마½》에 너무 과몰입했다.

이 중 하나일 것으로 생각됩니다.

37

김훈욱과 지구 멸망

초등학교에 입학하게 된 김훈욱.

1년간 유치원을 나가지 않고 집에만 틀어박힌 관계로
사회성 기르기의 골든 타임을 놓쳐버린 나머지 그는 누가 봐도
이상한 아이가 되어 있었습니다.

예를 들어 부모님과 같이 외출을 하면 이동하는 차
안에서도 아무 말 없이 책을 읽었습니다. 그는 멀미가 심한
체질로(지금도 멀미가 심함) 차에서 책을 읽으면 당연히 멀미를
했습니다. 그래서 가다가 멈춰서 한 번씩 구토를 했는데도
차에서 독서를 계속했습니다.

덕분에 그는 눈이 매우 나빠져서 초등학교에 입학하기도 전에 도수가 높은 안경을 꼈습니다.

또한 그는 외출 시, 목적지에 도착해서도 밖에 나가기를 거부하였습니다.

아빠 훈욱아, 강에서 같이 고기 구워 먹고 놀자!

훈욱 차에 있고 싶습니다요.

아빠 훈욱아, 빨리 나와! 아빠 화낸다!

훈욱 집은 언제 갑니까요? 재미가 없습니다요.

(저녁)

아빠 훈욱아, 그래도 오늘 재미있었지?

훈욱 시간이 아까웠습니다요.

이런 식으로 그는 핵꿀밤 마려운 발언들만 했습니다. 부모님께서 그를 때리지 않은 것은 하나의 기적이라고밖에 표현할 수가 없습니다.

김훈욱의 어릴 적 특징 중 하나는 보통 어린이들은 주변 사람이 하는 말을 잘 따르지만 김훈욱은 무조건 책에 써 있는 말만 믿고 어른들이 하는 말은 절대 믿지 않았다는 것입니다.

예를 들어 독실한 크리스천이었던 외할머니는 손주들을 종종 교회에 데려갔는데,

외할머니 우리 강아지, 할머니랑 같이 교회 가자.

훈욱 교회 안 갑니다요.

외할머니 교회를왜안가이눔아그러다지옥가는겨!

훈욱 지옥 안 갑니다요. 책에서 봤는데 성경 다 거짓말 같습니다요. 왜냐면 성경에는 공룡도 안 나옵니다요. 하지만 공룡 화석은 전 세계에서 발견되고 있습니다요. 석유도 공룡 화석에서 나오는 겁니다요.

외할머니 (뒤로 넘어감) 아이고 주여… 교회 가면 할머니가 로봇 사 줄게.

훈욱 갑시다요.

보통 이쯤에서 독자들의 감동을 위해 이 아이가 그래도 가족을 아꼈다거나 아니면 어떤 계기로 가족의 소중함을 깨달았다거나 하는 에피소드가 나와야 할 것입니다.

하지만 이 글은 안타깝게도 김훈욱이라는 인물의 어린 시절을 회고하고 있으며, 김훈욱이라는 인물에게 그런 경험은

존재하지 않았고, 기승전결을 위해 거짓으로 아예 없는 경험을 작성하는 것은 독자를 기만하는 행위이므로 그런 이야기는 나오지 않음을 미리 밝혀둡니다.

하지만 그런 김훈욱도 따듯한 심장을 가지고 있음을 알려주는 일화가 하나 있습니다.

김훈욱은 어느 날 흥미로워 보이는 책 한 권을 서점에서 골랐습니다. 그는 당시 괴담, 음모론, 신기한 이야기 등에 빠져 있었는데 제목이 기억나지 않는 그 책에는 '노스트라다무스'라는 예언가의 이야기가 나와 있었습니다. 노스트라다무스는 굉장히 끗발이 좋은 예언가로, 그가 한 예언 중 가장 유명한 것은 바로 '3년 뒤인 1999년, 지구가 멸망한다'는 것이었습니다.

큰 충격에 빠진 김훈욱은 주위 어른들에게 그 사실을 알렸으나 어른들은 그저 그의 말을 비웃을 뿐이었습니다.

어른들은 '그런 예언을 믿는 게 말이 되느냐'라고 했지만, 앞서 말했듯 김훈욱은 책에서 읽은 말만 믿었고 주위 사람들의 말은 전혀 듣지 않았기 때문에 철석같이 지구가 1999년에 멸망한다고 생각했습니다.

그래서 그는 다른 사람들은 바보고 일단 나라도
기도해야겠다고 생각했습니다. 그리고 매일 밤 눈물을
흘리며 당시 알던 유일한 신인 하나님께 한 번만 봐달라고
기도했습니다. 여기까지 쓴 서른다섯 살의 김훈욱은
생각합니다.

'그냥 지가 죽기 싫어서 기도한 게 무슨 따듯한 심장을
가지고 있다는 증거라는 거지?'

아무튼 이런 노력이 무색하게도 정작 1999년의 김훈욱은
생각이 좀 더 자라 그 예언이 말도 안 된다고 생각하게
되었습니다.

그리고 뉴스에서 종말을 외치는 사람들을 한심하게
쳐다보았다고 합니다.

38

김훈욱과 첫 학교 생활

김훈욱은 마침내 초등학교에 첫 등교를 하게 되었습니다.

그가 살던 마을은 이미 고령화가 시작되었기 때문에 1학년 반은 단 두 개였고 그나마도 한 반에 여덟 명 정도밖에 없었습니다. 더 심각한 건 그 여덟 명 중 세 명은 학력 수준 미달로 유급한 학생들이었다는 것입니다. 김훈욱과 같은 반에는 1학년이지만 열 살인 남자아이가 있었습니다.

예산도 부족했는지 국민학교에서 초등학교로 바뀐 지 2년이나 지났지만 그때까지 그 학교는 국민학교 간판을 떼지도 않았습니다.

아무튼 그는 상당히 오랜만에 또래 친구들을 봤다는 것에
흥분했는지, 짝꿍이 듣든 말든 자기 이야기를 거의 20분 동안
혼자 계속했습니다. 사실 그는 커뮤니케이션에 굉장히 굶주려
있었습니다.

문제는 그가 20분 동안 떠들고 있었던 때가 바로 코앞에서
담임 선생님이 입학식을 진행하고 있던 시간이었다는
것이었습니다. 담임 선생님은 '너같이 버릇없는 놈은 처음
본다'며 김훈욱의 따귀를 때렸는데 그 충격으로 안경이
부러져버렸습니다.

김훈욱은 그때의 충격으로 전보다도 더 말수가 급격하게
줄어들었습니다.

설상가상으로 같은 반에 있던 열 살 남자아이가
굉장히 폭력적이었고 김훈욱은 김훈욱대로 예민하기로는
둘째가라면 서러웠기 때문에 학교에 가면 둘은 매일
싸웠습니다.

안 그래도 몸이 약한 데다가 나이 차이까지 나는 형을
당연히 이길 리가 없었기에 김훈욱은 매일 처맞고 집으로
터덜터덜 돌아왔습니다.

당시 그의 집은 걸어서 1분이면 등교를 할 수 있었기 때문에 등교 환경 자체는 매우 쾌적하였습니다. 하지만 김훈욱은 학교에 가는 것이 너무너무 싫었습니다.

당시 그에게는 굉장히 큰 불만이 하나 있었는데 그것은 바로 '학교를 가기 싫은데 왜 가야 하지? 불합리해'였습니다.

김훈욱은 그전까지 지가 하고 싶은 것만 했기 때문입니다.

앞으로 초등학교 6년, 중학교 3년, 고등학교 3년 도합 12년을 이렇게 살아야 한다니. 심지어 뒤로 갈수록 빡세진다고? 이것은 분명 문제가 있었습니다.

하지만 그것은 그의 인생에 펼쳐질 끊임없는 좌절의 시작일 뿐이었습니다.

김훈욱은 학교에서 친구가 없었습니다. 남자애들은 다 유급해서 나이가 맞지 않았고 여자애들은 남녀칠세부동석 사상에 입각하여 7세가 넘자 자기들끼리만 놀았기 때문이었습니다.

어렸을 적부터 같이 놀던 문예현이 같은 반이었으나 학교에서는 거리가 좀 있었습니다.

그렇습니다. 블로그에 쓴 문예현 이야기를 보고 사람들은

'결혼하냐' '첫사랑이냐' 물어봤지만 사실 문예현과의 교류는 그것이 전부였습니다.

이것이 소설이었다면 복선을 회수했겠지만 현실에서는 대부분 미회수 떡밥으로 남기 마련이지요.

아무튼 친구라고는 한 명도 없던 그 시절 김훈욱의 일과는 눈을 떠서 강제로 학교에 가야 하니 아침부터 불행 시작, 불행한 상태로 학교에 가니 고운 말이 나올 리 없었고 급우들은 점점 김훈욱을 멀리하는 악순환이었습니다.

하지만 그가 이런 까칠함마저 감추게 된 사건이 있었으니 그것은 바로 어떤 여자아이와의 맞짱 사건이었습니다.

김민지라는 상당히 티피컬한 이름을 가지고 있던 김민지. 레이스 달린 옷과 흰 스타킹을 신었던 전형적인 핑크공주 스타일이었던 김민지.

이유는 기억나지 않지만 아무튼 김훈욱과 김민지는 목숨을 걸고 싸웠습니다.

김훈욱은 그보다 체구가 작았으므로 당연히 먼지 나게 처맞았습니다.

문제는 그 과정에서 싸움이 격해져 김민지의 옷이 찢어졌다는 것입니다. 그래서 둘이 같이 싸웠는데 훈욱맘만 학교에 와서 선생님께 사과를 하게 되었습니다.

영악한 김민지는 김훈욱이 먼저 일방적으로 자기 옷을 찢는 장난을 했기 때문에 자신도 어쩔 수 없이 때렸다고 변명했습니다.

김훈욱이 여기서 정말 미치고 팔짝 뛸 정도로 억울했던 것은 훈욱맘조차도 김민지의 말을 믿었다는 것입니다. 그 억울한 사건 이후로 김훈욱은 화를 겉으로 드러내지 않고 조용히 학교 생활을 하게 되었습니다.

이런 상황이 학업성취도에까지 영향을 미쳤느냐면 그것은 아니었습니다. 김훈욱은 활자 중독이어서 새 학기 교과서를 받는 날 바로 집으로 가서 그 교과서들을 모조리 읽어버렸기 때문입니다. 본 거 또 보고 본 거 또 보고를 반복하니 당연히 다른 아이들보다 수업 내용을 따라가기는 수월했습니다.

그래서 김훈욱은 문예현과 반에서 1, 2등을 다투고는 했습니다. 당시 초등학교에서 성적 순위를 매기진 않았지만 비공식적으론 그러했습니다.

보통 공부 잘하면 무시는 안 당하기 마련인데, 김훈욱은 너무 아는 척하고 나댔기 때문에 급우들의 그에 대한 호감도는 정말 바닥으로 떨어져 있었습니다.

39

김훈욱과 분신사바

김훈욱은 성인이 된 현재까지도 먹지 못하는 음식이
있습니다.

그것은 바로 '흰 우유.'

딸기우유, 초코우유, 우유 들어간 커피 등등 우유로 만든
다른 음식들은 다 잘 먹지만, 유독 흰 우유만은 절대 먹지
못합니다.

그가 유치원생이던 시절의 트라우마 때문입니다.

김훈욱은 유치원생 시절 몸이 아파 집에서 쉬며 각종 약을

먹어야 했는데 그날은 하필 집에 물이 없었습니다.

아빠 훈욱아, 저녁 먹었으니까 이제 약 먹어야지.

훈욱 물이 없습니다요.

아빠 그냥 수돗물이랑 먹어.

훈욱 책에서 봤는데 수돗물 마시면 이타이이타이병 걸린다고 했습니다요.

아빠 (어휴, 까다롭네) …그럼 이거랑 먹을래?

훈욱대디는 냉장고에서 백년초 사이다를 들고 왔습니다. 훈욱맘이 무슨 이상한 건강 정보 프로그램을 보고 만든 것으로 1990년대에 굉장히 유행했던 건강식품이었습니다. 정말 맛이 없는 백년초 사이다를 죽어도 먹고 싶지 않았던 김훈욱은 필사적으로 거부했습니다.

훈욱 약국에서 물 외에 다른 거랑 먹으면 안 된다고 했습니다요.

아빠 그럼 이 우유는 어떠니? 아빠가 군대 의무병이었는데 우유 정도는 진짜 괜찮아.

훈욱대디는 유통기한이 일주일 정도 지난 흰 우유를 냉장고에서 꺼내왔습니다.

훈욱　유통기한 지나서 상해서 안 됩니다요.

세 번 거부당하자 빡친 훈욱대디는 큰 소리를 치기
시작했습니다.

아빠　아니, 왜 이렇게 까다로워! 그냥 먹어 이 자식아! 냉장고에 넣어서
　　　일주일 정도로 안 상해. 아빠 믿고 먹으라고.

훈욱　싫습니다요.

그러자 훈욱대디는 억지로 김훈욱의 입을 벌리고 약과
우유를 넣었습니다.

훈욱　으엑! 으악! 진짜 상했습니다요! 옥, 오옥, 우웨에엑!

그리고 곧바로 싱크대로 뛰어가 전부 토해버린 김훈욱.

아빠　아니, 진짜 넌 왜 그러냐? 뭘 상했다고 그래?

남은 우유를 마신 훈욱대디.
그리고 그 역시 바로 싱크대로 달려가 우유를

토해버렸습니다.

제대로 썩은 우유를 먹은 두 남자는 훈욱맘이 돌아올 때까지 내내 토한 후 며칠 동안 식중독으로 고생했습니다.

아무튼 그 사건 이후로 김훈욱은 흰 우유를 지금까지 먹지 못합니다. 물론 누가 옆에서 채찍 들고 먹으라고 하면 먹을 수 있겠지만 애초에 맛도 없는 걸 왜 굳이 먹어야 하는지 이유를 모르겠기에 지금까지 먹지 않습니다.

지금은 어떤지 모르겠으나 김훈욱이 초등학교를 다니던 당시에는 2교시 후에 우유가 제공되었습니다. 인구의 75퍼센트가 유당불내증인 우리나라에서 왜 발육에 그다지 효과적이지도 않은 우유를 주는지는 모르겠지만 당시 아이들은 아무튼 먹을 것이 나오니 참 좋아했습니다.

하지만 김훈욱에게 우유 마시기는 말 그대로 벌칙이었습니다. 이걸 아는 훈욱맘은 늘 김훈욱에게 제티나 네스퀵을 들려서 학교를 보냈습니다. 그러나 당시의 김훈욱은 이런 걸 타도 우유는 결국 우유였기 때문에 짝꿍에게 항상 우유와 제티를 함께 양보하곤 했습니다. 사실 양보라기보단 일종의 '짬 처리'에 가까운 개념이었습니다.

  김훈욱의 '짬통'이자 짝꿍은 바로 최아영이라는
아이였습니다. 이 아이는 김훈욱과는 정말 정반대 성향으로
밖에서 노는 걸 좋아하고 운동을 정말 잘했던 아이였습니다.
  매일 밖에서 놀았기 때문에 피부도 항상 까맣게 타
있었으며, 성격도 굉장히 활달해서 성별을 불문하고 동네
또래 아이들의 행동대장이었습니다. 또 동네 어른들에게
굉장히 싹싹해서 인기가 많았습니다. 다만 공부에는 전혀
소질이 없어서 받아쓰기를 10점, 20점 받았습니다.
  최아영의 바로 옆자리에 김훈욱이 짝꿍으로 앉은 것은
굉장히 대비되는 일이었습니다. 김훈욱은 밖에 일절 나가지
않았고, 그래서 피부는 거의 은교급으로 하얀색이었으며,
학교에서 놀기는커녕 교과서 n회독만 조졌기 때문입니다.
하지만 최아영에게 김훈욱은 매일매일 우유와 제티를 세트로
제공함으로써 그의 심적인 지지를 얻게 되었습니다.

  정확히 어떤 지지였느냐면, 그 당시 반에서는 문예현과
김훈욱 둘 중 누가 더 똑똑한가를 두고 토론이 열리는
'문김대전'이 수시로 발발했습니다. 대다수는 '김훈욱이

암기는 더 뛰어나지만 나머지 모든 능력이 문예현이 상위
호환이다' '그 근거는 선생님의 모든 질문에 문예현 혼자
손 들고 혼자 대답하기 때문이다'라고 결론을 내린 반면
최아영만 유일하게 "근데 옆에서 봤는데 김훈욱은 아는데
소심해서 손 안 드는 거임. 얘 혼자 중얼거리는데 다 맞혀"라고
김훈욱의 손을 들어주었습니다.

　하지만 당시 사회 분위기상 '여자가 남자 편을
들어준다=관심이 있다=사귄다=결혼'이었기 때문에 반
아이들이 "뭐야? 왜 편들어?"라고 물으면 최아영은 늘 한 발
물러섰습니다.

　그때 초등학생들에게 대유행했던 놀이가 있었습니다.
바로 분신사바였습니다. 분신사바는 위저보드의 변형으로
일본에서 유래되었다고 알려지는 일종의 강령술입니다.

　당시 청주에서는 분신사바를 이렇게 했습니다. 먼저
두 명이 마주 앉아 펜을 잡고 "분신사바 분신사바 오잇데
구다사이(말씀해주십시오)"를 외웁니다. 그 뒤 "분신사바 님!
○○를 알려주세요!"를 외칩니다. 그러고 나서 책상이나
노트에 뭔가 글씨가 써지는 것을 관찰합니다. 보통은
지렁이처럼 동그라미가 그려졌습니다.

당시 김훈욱은 초등학교 1학년이었음에도 불구하고 '(그리기 어렵기 때문에) 분신사바에서 가위표가 나오는 확률은 압도적으로 적다. 방금 ○가 나온 질문을 그대로 부정형으로 바꿔봐라'라고 마이클 패러데이에 빙의해서 어떻게든 이 주술을 논파하려고 호들갑을 떨었습니다. 하지만 반 여자애들에게 김훈욱은 그저 무시해도 되는 오브젝트 1이었기 때문에 그들은 쉬는 시간만 되면 분신사바를 하자며 책상에 둘러앉았습니다.

이 분신사바를 반에 전파한 아이는 바로 김민지. 김훈욱과 맞짱을 뜬 핑크공주 여자아이였습니다. 반마다 꼭 한 명씩 있는, 어디서 들은 무서운 이야기랑 징그러운 이야기를 전해주는 아이였습니다.

그런데 그가 갑자기 김훈욱과 최아영이 앉아 있는 쪽으로 다가오더니 분신사바를 하자고 했습니다. 사실 최아영은 평소 분신사바니 고무줄놀이니 공기놀이니 하는 여자아이들이 즐겨 하는 놀이에는 전혀 관심이 없었고, 밖에서 자전거를 타거나 공을 차거나 벌레를 잡는 걸 좋아했기 때문에 분신사바를 하는 것은 처음이었습니다. 김훈욱 역시 자기도 모르게 옆자리에서 그 장면을 지켜보고 있었습니다.

    김민지는 김훈욱이 지켜보고 있다는 것을 의식하듯,
평소에 하지 않던 스타일의 질문을 던졌습니다.

    "분신사바 님! 최아영이랑 결혼하는 사람의 이름을
알려주세요!"

    긍정 혹은 부정형으로 답변할 수 없는 질문이었기 때문에,
김훈욱은 과연 이번엔 저 여자아이들이 무슨 속임수를 쓰는지
바짝 집중해서 지켜봤습니다.
    노트에는 매우 빠른 속도로 정확하게

ㄱ… ㅣ …ㅁ ㅎ…ㅜ…ㄴ

    그렇습니다. 김훈욱의 이름 중 무려 두 글자나 써지고
있었습니다.
    김훈욱은 자신의 이름 마지막 글자의 초성인 이응이
써지는 것을 본 순간, "끼애애애애애액!" 하고 우당탕
달려들어 노트를 빼앗아 그 페이지를 누가 보지 못하게 갈가리
찢어버렸습니다.

두 여자아이는 "뭐야? 왜 그래?"라며 김훈욱에게 물었으나 그 당시 둘이 정확히 어떤 표정을 짓고 있었는지, 그 표정이 웃음인지 당황인지 서운함인지 김훈욱은 기억하지 못한다고 합니다. 당시 김훈욱은 상대의 표정을 읽는 능력이 아직 개발되지 않았기 때문입니다.

그래서 이것이 김민지의 복수극인지 아니면 최아영의 자작극인지, 그것도 아니라면 정말 귀신의 소행인지는 오늘까지도 알아낼 방법이 없다고 합니다.

40

김훈욱과 병아리들

김훈욱은 어렸을 때부터 극도로 조용한 아이였습니다.

어느 정도였느냐면 훈욱맘이 아기 김훈욱을 방에 놓고 친구와 거실에서 놀고 있다가 한참 동안 김훈욱의 방에서 아무 소리도 들리지 않아 "혹시 죽은 거 아냐?" 하고 친구와 함께 심각한 표정으로 방에 들어갔는데 김훈욱은 아무 표정 변화 없이 그냥 멀쩡히 누워 있었다고 합니다.

이렇듯 김훈욱은 큰 소리를 내지 않고 그냥 조용히 지내는 아이였습니다.

문제는 감정 역시 밖으로 드러내지 않았다는

것이었습니다.

어느 날 훈욱맘은 김훈욱에게 진지하게 물었습니다.

"너는 왜 소리를 내서 안 우니? 네 동생은 맘에 안 들면 '으앙' 이러는데."

그렇습니다. 훈욱맘 역시 원래는 이상함을 감지하지 못했다가 동생을 키워보니 '원래 애들은 시끄럽구나' 하고 깨달아버린 것입니다.

하지만 김훈욱은 당시 울지 않는 자신이 매우 멋져 보였기 때문에 그 후로도 그가 우는 일은 도통 없었습니다.

다시 시점을 초등학생 때로 돌려, 평소와 같이 선생님과 급우들에게 처맞고 하교를 하던 어느 날 김훈욱은 어떤 아저씨가 좌판에서 병아리를 파는 것을 목격했습니다.

당시 병아리의 가격은 한 마리에 500원. 당시 초코파이 가격이 개당 150원이었고 짜장면이 2000원이었다는 것을 고려하면 생각보다 굉장히 비싼 가격이었지만 김훈욱은 상자 속에서 답답해 보이는 병아리들이 불쌍해 전 재산이었던 1000원으로 병아리 두 마리를 샀습니다.

훈욱맘은 이걸 어떻게 하려고 데려왔느냐며
질색했습니다. 훈욱맘이 방에 똥을 싸면 어떡하냐고 잔소리를
했지만 김훈욱은 평소와 같이 엄마의 말은 무시하고 방
안으로 들어가 그 둘에게 각각 삐돌이, 삐순이라는 이름을
붙여주었습니다. 훈욱대디 역시 그거 사봐야 빨리 죽는데 돈
아깝게 왜 샀냐고 핀잔을 주었습니다. 하지만 김훈욱은 집
쌀통에서 좁쌀을 가져다가 삐돌이와 삐순이에게 먹였습니다.

하루, 이틀, 일주일….
보통 이런 식으로 구매한 병아리의 기대수명이 2.5일인
것을 감안하면 삐돌이와 삐순이는 너무도 건강하게 잘
자라주었습니다. 운이 좋았던 것인지, 김훈욱의 사육 실력이
좋았던 것인지는 모르겠지만 두 병아리는 몸집이 눈에 띄게
커졌습니다.

문제는 처음에는 거의 움직이지 않던 두 병아리가 매우
활기차졌다는 것이었습니다. 두 병아리는 온 집 안을 누비며
쉴 새 없이 물건들을 뒤지고 다니고 아무 데나 똥을 싸지르는
것은 물론 계속해서 **빡빡빡** 울음소리를 내었습니다.
훈욱맘은 평소 수면의 질이 굉장히 낮고 잠귀가 밝아

자다가 조금만 소리가 들려도 깨곤 했습니다. 훈욱맘은 병아리 때문에 며칠째 잠을 자지 못하고 노이로제에 걸렸습니다. 그래서 걸어서 10분 거리에 있는 외할머니 집에 마침 빈 닭장이 있으니 거기에 삐돌이와 삐순이를 보낸다는 묘수를 떠올렸습니다.

　마침 병아리 키우기가 생각보다 좀 빡세다고 생각하고 있었던 김훈욱은 미련 없이 외할머니 집으로 두 병아리를 보내주었습니다.

　삐돌이와 삐순이는 거기서 급속도로 성장했습니다. 외할아버지와 외할머니가 챙겨주는 곡물 사료를 먹는 것뿐만 아니라 닭장을 열어놓으면 자기들이 알아서 집 밖으로 나가 벌레와 지렁이를 잡아먹고 다시 닭장으로 돌아오는 자동 사냥 시스템을 구축했습니다.

　삐돌이와 삐순이는 집 마당을 넘어 동네 뒷산까지 열심히 돌아다니다가 해가 지려고 하면 다시 조용히 닭장으로 돌아왔습니다. 그 모습을 보며 김훈욱은 닭이 생각보다 똑똑한 동물이라는 것을 알게 되었습니다.

　김훈욱은 또한 삐돌이와 삐순이가 모두 수컷인 것도 알게 되었습니다. 당시에는 둘 다 수컷이라니 우연의 일치라고

생각했지만, 나중에 알게 된 사실로는 사실 학교 앞에서
파는 병아리들은 모두 수컷이라고 합니다. 태어나자마자
병아리들의 성별을 감별한 후 암컷은 알을 낳게 하거나
닭고기용으로 쓰기 위해 기르는 반면 상품 가치가 떨어지는
수컷은 그 자리에서 바로 죽이거나 염가에 판매하기
때문입니다.

아무튼 씩씩하게 커서 어느새 장성한 닭이 된 삐돌이와
삐순이. 그러나 김훈욱이 몰랐던 점이 하나 있었습니다. 당시
시골 어른들에게 삐돌이와 삐순이는 반려동물이 아닌 그저
'식량'에 불과했다는 점이었습니다.

어느 더웠던 날,
복날로 추정되는 날,
김훈욱은 삼계탕을 먹자는 부모님의 말에 외할머니 집으로
향했습니다.
닭장에 삐돌이와 삐순이가 없는 것을 봤지만, '또 벌레를
잡아먹으러 나갔나?' 싶어 대수롭게 생각하지 않았습니다.
평소처럼 외할머니 집을 돌아다니다가 집 뒤쪽 으슥한
구석에서 김훈욱은 보고야 말았습니다.

삐돌이와 삐순이를 해체하고 있는 외할머니의 모습을….

"끄아아아아아아아악!"

김훈욱은 충격으로 잠시 졸도했습니다.
다시 일어나 보니 삐돌이와 삐순이는 솥에 들어가
있었습니다.
김훈욱은 태어나 처음으로 앙앙 울부짖기 시작했습니다.

"외할머니 교회 다니고 착한 줄 알았는데 실망입니다요!
왜 저한테 안 물어보고 잡아먹습니까요!"

하지만 외할아버지는 "야 이 색히야, 너는 일주일 기르고
우리는 몇 달을 길렀는데 우리 맘이지"라는 냉정한 한마디로
김훈욱을 논파 완료했습니다.

김훈욱은 그날 식사를 거부했습니다.
그 후로 그는 한동안 닭고기를 잘 먹지 못했고 닭의 살아
있음이 느껴지는 부위인 닭발, 닭 날개 등은 아직도 선호하지
않는다고 합니다.

41

김훈욱과 컴퓨터반

김훈욱이 살던 작은 시골 마을에 겨울이 찾아왔습니다.

앞서 설명한 바와 같이 김훈욱이 다니던 초등학교는 그때 기준으로도 시설이 매우 낙후된 곳이었습니다. 한 학교의 모든 학년을 다 합쳐도 학생이 80명이 되지 않았습니다.

화장실도 가관이었는데 남자 화장실에는 지금처럼 소변기가 하나씩 있는 게 아니라 한쪽 벽면에 크게 일체형 소변기가 있어서 그냥 다 같이 고추를 까고 오줌을 싸야 했습니다. 냄새는 또 어떤지, 김훈욱은 약 20년 후 삭힌 홍어 냄새를 처음 맡았을 때 그날의 기억이 다시 떠올랐다고 합니다. 센서티브한 김훈욱은 이런 화장실을 받아들이기 힘들었기 때문에 아무도 오지 않는 화장실을 찾아 저 멀리 체육관까지 다녀오곤 했습니다.

또한 교실 가운데에는 무려 등유 난로가 있었는데, 기름을 직접 넣어야 작동이 되는 난로라서 당번제로 일주일에 한 번 학생들이 기름통을 들고 창고로 가서 등유를 받아왔습니다.

기름을 가득 담은 기름통은 초등학생이 들기에는 좀 무거워서 다들 낑낑거렸습니다. 당연히 등유를 넣는 것도 선생님이 해주는 게 아니라 1학년들이 직접 넣었습니다. 어린 학생들이 기름을 제대로 넣을 리가 만무했습니다. 바닥에 등유가 질질 새고 난리가 나곤 했습니다.

그러면 썩어가는 나무로 된 교실 바닥에 등유가 스며들었고 밀폐된 실내에 피어오르는 기름 냄새 때문에 멀미 증세를 호소하며 괴로워하는 아이들이 많았습니다. 그래서 선생님들은 환기를 위해 수시로 창문을 열었습니다. 그러면 너무 추웠기 때문에 아이들은 난로에 바짝 붙다가 외투나 머리카락을 태워먹고는 했습니다.

당시 김훈욱에게는 로망이 하나 있었습니다.

그것은 바로 '옛날 학교 생활에 대한 로망'이었습니다.

정작 본인도 옛날 학교를 다니고 있다는 사실을 몰랐기 때문에 그런 로망을 가지고 있던 것이었습니다.

그중 가장 큰 로망은 바로 난로 위에 도시락을 올려서 데워 먹는 것이었습니다. 아쉽게도 김훈욱이 다니던 학교는 당시 급식을 하고 있었기 때문에 이 로망은 이루어질 수 없는 것으로 보였으나… 유독 추웠던 어느 날, 학교 수도관이 동파되어 3일간 급식이 제공되지 않았습니다. 이때 학교에서는 도시락을 싸 오라고 했습니다.

김훈욱은 훈욱맘이 싸준 도시락을 1교시가 끝나자마자 난로 위에 올려두었습니다. 문제는 도시락이 플라스틱 도시락이라는 것이었습니다. 플라스틱 도시락은 액체괴물처럼 녹아 난로에 쩌억 달라붙었고 그날 교실에는 아마 환경호르몬이 엄청나게 발생했을 것으로 예상됩니다.

아무튼 김훈욱은 그 사건으로 선생님과 급우들에게 오랜만에 처맞았습니다.

이런 후진 학교에 갑자기 변화의 바람이 불어왔습니다. 바로 '컴퓨터 수업'이 신설된 것입니다. 컴퓨터가 열 대 정도 설치된 빈 교실에 '컴퓨터 실습실'이라는 팻말이 붙었습니다. 학교에 컴퓨터 수업을 맡을 선생님이 없었는지 젊은 컴퓨터 선생님이 따로 와서 수업을 진행했습니다.

사실 김훈욱이 그때까지 겪은 선생이라고는 입학식 날 뺨을 때린 담임 선생님이 전부였습니다. 새로 온 컴퓨터 선생님은 아직 데이지 않아서 그런지 아이들에게, 심지어 김훈욱에게마저 매우 친절했습니다. 김훈욱은 여기서 살짝 감동해 컴퓨터를 열심히 배우기로 했습니다.

컴퓨터 선생님은 첫날 컴퓨터 켜는 법, 키보드와 마우스 사용법 등을 알려준 뒤 숙제로 인터넷을 이용할 수 있게 자신만의 영어 아이디를 만들어 오라고 했습니다. 김훈욱은 집에서 한참 영어사전을 뒤지다가 'comsfriend'라는 아이디를 지어 갔습니다. 컴퓨터의 친구가 되겠다는 의미였습니다.

주변에 있는 휴먼들이랑 친구나 할 것이지 무슨 오지랖으로 컴퓨터의 친구가 된다고 한 것인지는 의문이나, 아무튼 김훈욱은 컴퓨터를 빠르게 배워나가기 시작했습니다.

그래서인지 컴퓨터 선생님은 유독 김훈욱을 마음에 들어 했습니다. 방과 후에 따로 남겨서 자신이 가져온 게임

디스켓으로 몰래 게임을 시켜줄 정도였습니다.

그 게임의 이름은 바로 〈별의 커비 2〉.

학교가 끝나고도 남아 열심히 (비록 게임을 했지만)
컴퓨터를 하는 김훈욱. 컴퓨터 선생님은 며칠 동안은
김훈욱을 기특하게 봤으나 하루에 몇 시간씩 똑같은 게임을
하는 그를 보며 참지 못하게 되었습니다.

선생님 훈욱아 집에 안 가니?

훈욱   너무 재미있습니다요.

선생님 선생님이 남자 친구랑 저녁 먹어야 하는데 이제 끄자.

훈욱   안 됩니다요. 더 하고 싶습니다요.

결국 선생님은 게임 귀신 김훈욱을 제령하기 위해
나중에 집에 컴퓨터가 생기면 하라며 자신의 게임 디스켓을
김훈욱에게 주었습니다. 손 글씨로 '별의 카비 2'라고 적은
디스켓을 받아든 김훈욱은 "우오오옷!!! 땡큐입니다요" 하며
눈에 띌 정도로 기뻐했습니다.

김훈욱은 선생님이 자신이 하려고 산 게임을 주었다고
생각해 그걸 그의 보물 1호로 몇 년간 간직했습니다. 하지만

당연하게도 그건 불법 복제 게임이었고(〈별의 커비 2〉는 게임보이 전용 게임) 그냥 선생님이 복사해서 준 거라는 걸 깨달은 것은 아주 먼 미래의 이야기입니다.

42
김훈욱과 먹보의 길

그렇게 김훈욱은 초등학교 2학년이 되었습니다.

유치원생 때 먹은 한약의 부작용이었을까요? 아니면 친구가 없어서 방학 내내 집에서 잠만 20시간 가까이 잤기 때문일까요?

김훈욱의 몸은 급격하게 성장했습니다. 방학 전에는 키가 반에서 평균 정도였지만 방학이 끝나자마자 반에서 가장 커졌습니다. 이런 식으로 김훈욱은 매년 6~7센티미터 정도 꾸준히 컸습니다.

자연스럽게 김훈욱의 식욕도 미친 수준으로
증가했습니다.

원래 김훈욱은 부모님이 슈퍼에 가서 과자를 사준다
해도 조용히 한쪽 구석에 있는 싸구려 장난감을 들고 오던
아이였지만, 이때부터는 틈만 나면 뭔가를 먹어 치우기
시작했습니다. 마치 그가 즐겼던 게임 별의 커비처럼.

이 식탐은 김훈욱의 주변인들에게 파멸적인 피해를
불러왔습니다. 그중 가장 큰 피해자는 미래에 김훈욱의
이모부가 되는 한 남자였습니다.

그 남자는 당시 김훈욱의 막내 이모와 연애 중이던 20대
중반의 장교였습니다. 그는 이 시골 동네에 최신 차 '대우
르망'을 끌고 찾아왔습니다. 그리고 막내 이모를 픽업해
데이트에 나갔는데, 문제는 당시 막내 이모는 처음으로 생긴
남자 조카였던 김훈욱을 끔찍하게도 아꼈다는 것이었습니다.
그래서 데이트 때마다 김훈욱을 데리고 나갔습니다.

사실 지금 생각하면 이별 사유에 가까움에도 불구하고
상당한 쿨 가이였던 이모부는 군 생활로 까맣게 탄 피부와
대비되는 건치 미소를 보여주며 "훈욱이는 친구랑 안
노니?"라고 김훈욱에게 물었습니다. 김훈욱은 이렇게

대답했습니다.

"친구가 없습니다요."

그렇게 김훈욱과 막내 이모, 미래의 이모부 셋이서 대우
르망을 타고 기묘한 데이트를 나가게 되었습니다. 사실
이모부 입장에선 갑자기 뭔 남자 초딩이 데이트에 따라 나온
것만 해도 충분히 재앙과 다름없었습니다.

하지만 김훈욱의 상놈 짓은 여기서 끝나지 않았습니다.
당시 데이트는 주로 교외로 나갔어야 하므로 고속도로를
타고 드라이브를 했는데 차가 휴게소 표지판을 지나칠 때마다
김훈욱은 "똥이 마렵습니다요"라고 말해서 차를 기어코
휴게소에 세웠습니다.

김훈욱은 이 원 패턴으로 거의 모든 휴게소에 차를
세웠습니다. 이모부로서는 "조금만 참고 다음 휴게소에
가자"라고 말할 수도 있었겠지만, 초등학교 2학년은 실제로
바지에 똥을 지려버릴 수도 있는 나이이기 때문에 항상 이
블러핑에 당해버리고 말았습니다.

차가 휴게소에 서면 김훈욱은 똥이 마렵다던 과거의

자신은 깨끗이 잊은 채 간식 코너로 달려갔습니다. 미래의 이모부는 눈물을 흘리며 쥐꼬리만 한 군 장교 월급을 쪼개 김훈욱이 고른 간식을 결제했습니다.

그렇습니다. 외출을 극도로 꺼리는 김훈욱이 이모를 따라 나온 이유는 단 하나, 바로 자신의 식욕을 채우기 위해서였습니다.

또한 당시 이모부와 이모는 최신 트렌드에 민감한 X세대였습니다. 그래서 적극적으로 신문물을 받아들이고 핫 플레이스를 자주 찾아다녔습니다. 이 과정에서 김훈욱은 난생처음 '피자'라는 것을 먹었습니다. 그건 그의 인생을 아주 작게 바꿔놓았습니다.

김훈욱의 어린 시절, 1990년대. 지금도 피자라는 음식은 비싸지만 그때는 정말 한 달에 한 번 큰맘 먹어야 피자를 먹으러 갈 수 있을 정도로 GDP 대비 정말 비싼 음식이었습니다. 피자를 처음 먹어본 가족이 어느 정도 주문을 해야 하는지 몰라 1인당 피자 한 판을 시켰다가 인당 두 조각만 먹고 나머지는 포장했다는 에피소드가 라디오에서 단골처럼 나오던 시절이었습니다. 얼마나 피자가 사람들에게 생소한 음식이었는지 가늠이 대충 될 것입니다.

김훈욱은 남의 데이트에 따라 나갔다가 우연히 피자를
딱 한 번 먹어보았는데 그 맛을 잊지 못하게 되었습니다. 늘
훈욱맘이 "뭐 먹고 싶어?"라고 물으면 "피자"라고 떼를 쓰다가
"피자는 뭔 놈의 피자"냐며 당수로 대가리를 맞고 조용해지는
날이 반복되었습니다.

그러나 다들 알다시피 충동은 참는 것으로만 조절되지는
않습니다. 나날이 피자를 향한 김훈욱의 열망은 커져만 갔고,
팔다리 달린 피자가 나와서 엉덩이를 좌우로 흔들며 그를 약
올리듯 춤추는 꿈을 꿀 지경이었습니다.

어느 날 학교에 간 김훈욱은 옆 반의 한 아이가 생일이라는
소식을 들었습니다. 옆 반이라고 해도 사실 한 학년에 반이
두 개밖에 없었기 때문에 얼굴과 이름은 이미 알고 있던
아이였습니다.

사실 그 아이는 김훈욱과 별로 친하지 않았습니다. 정확히
말하자면 김훈욱과 친한 아이는 애초에 없었습니다.

김훈욱은 용돈을 하루에 500원 받았습니다. 그걸로 간식
사 먹기도 빠듯한데 친하지도 않은 옆 반 아이의 생일파티에
갈 이유가 없었기 때문에 그냥 무시하고 집에 가려고

했습니다. 그러던 찰나 한 남자아이의 외침을 들었습니다.

"얘네 부모님이 피자헛 하신대!"

그 친구의 부모님이 옆 동네에 새로 생긴 피자헛을 운영하고 생일파티가 그곳에서 열린다는 소식을 들은 김훈욱은 바로 발걸음을 돌려 생일파티에 가기로 마음을 먹었습니다.

보통 당시 생일파티는 생일자의 집에서 잡채 같은 것을 먹거나 잘해봐야 롯데리아에 가는 것이 전부였는데 피자헛이라니, 김훈욱은 솔직히 그 친구의 생일엔 관심도 없었고 그냥 피자가 먹고 싶었습니다.

그러나 당시 김훈욱에게는 놀랍게도 양심이란 것이 있었습니다. 최소한 생일 선물은 구해 가야 한다고 생각했습니다.

500원으로 적절한 생일 선물을 구매할 수 없다고 판단한 김훈욱은 전 재산을 건 도박을 시행했습니다. 바로 인형 뽑기였습니다.

당시 인형 뽑기는 1회에 200원이었습니다. 천재적인 감각으로 한 번 만에 달팽이 인형을 뽑은 김훈욱은 나머지

300원으로 아이스크림을 먹으며 생일파티로 향했습니다.

옆 동네여서 초등학생이 혼자 가기 어렵다고 판단했는지 그 친구의 아버지가 스쿠터로 아이들을 두 명씩 태워 이동시켰습니다.

그날은 김훈욱이 태어나서 처음으로 스쿠터에 타본 날이었고, 신기하게도 따뜻한 날씨였음에도 불구하고 우박이 조금씩 오던 날이었습니다. 우박을 본 것도 처음이었습니다. 아무튼 굉장히 특이한 날이었던 것입니다, 그날은.

생일파티에 집결한 초딩들은 정신없이 피자를 먹어댔습니다. 가게를 공동 운영하는 그 아이의 부모님이 주방에서 피자를 내왔습니다. 열 명 남짓한 아이들이 먹어봐야 얼마나 먹겠습니까. 네 판 정도를 먹자 배가 불렀는지 아이들은 하나둘 집으로 돌아가기 시작했습니다.

김훈욱만 빼고.

이미 피자 한 판을 다 처먹은 김훈욱이었지만 여기서 만족할 수는 없었습니다. 약 7~8년간의 인생, 피자를 딱 한 번 먹어봤는데 지금 안 먹어두면 대체 몇 년 후에 먹을지 알 수가 없었기 때문입니다.

준비된 피자를 모조리 해치운 김훈욱이 말했습니다.

"더 먹고 싶습니다요."

김훈욱은 지금도 가끔 그 아이 부모님들의 싸늘한 표정이 기억난다고 합니다.

곧 레귤러 피자 한 판이 새로 구워져 나왔습니다. 김훈욱은 거침없는 손길로 피자를 주워 먹기 시작했습니다. 그리고…

"더 먹고 싶습니다요."

그리고 다시 한 판이 구워져 나왔습니다. 생일 당사자(잘 모르는 애)와 그의 부모님 둘 그리고 김훈욱만 남은 피자집에는 적막이 흘렀습니다. 셋은 김훈욱이 천천히 피자를 먹는 걸 가만히 쳐다보고만 있었습니다.

그 아이의 어머니께서 김훈욱에게 물었습니다.

"맛있니?"
"네."

두 번째 판마저 한 조각을 남기고 모조리 먹어버리고는

"이제 집에 가겠습니다요"라며 일어났습니다. 그 순간
김훈욱은 위장이 수용할 수 없을 정도로 많은 양을 먹었다는
것을 깨달았습니다. 그리고 그 자리에서 휘청거리며 다시
앉아버렸습니다.

"어쩝니까유? 배불러서 집에 못 가겠습니다요."

김훈욱의 말을 애써 무시하고, 그 친구의 아버지는 다시
우박을 맞으며 그를 집 앞까지 데려다주셨습니다.
집에 오자마자 원인 모를 고열에 시달리던 김훈욱은 결국
그날 밤 변기에 약 3회 정도 토한 후 위염에 걸려 일주일간
학교에 가지 못했습니다.

43

김훈욱과 랜선 인생

어느덧 초등학교 3학년을 목전에 둔 겨울방학에 돌입한 김훈욱.

그의 관심사는 오직 하나였습니다.

훈욱 저희도 컴퓨터 사면 안 됩니까요? 재희도 컴퓨터 있고 예현이도 컴퓨터 있다고 합니다요.

훈욱맘 그게 얼마인데 사? 그걸 어디다 쓰려고.

훈욱 아, 모릅니다요! 컴퓨터 사주시면 공부 열심히 하겠습니다요. 컴퓨터 안 사주시면 공부 파업하겠습니다요.

훈욱맘 파업이란 단어는 어디서 본 거야?

그는 아직 1학년 시절 컴퓨터 선생님에게 받았던 〈별의
카비 2〉 디스켓을 소중하게 보관하고 있었습니다. 가끔
가는 친구네 집에 있는 컴퓨터를 보고 억눌린 그의 욕망이
폭발했습니다.

훈욱　컴퓨터컴퓨터컴퓨터컴퓨터컴퓨터컴퓨터.

훈욱맘　훈욱아, 컴퓨터인지 뭔지 그만 노래 부르고 밥 먹어.

훈욱　컴퓨터 사줄 때까지 밥 안 먹습니다요.

훈욱맘　응 먹지 마.

그렇게 김훈욱은 방에 틀어박혀 온종일 컴퓨터를
부르짖다가 (언제나처럼) 아무런 관심도 주지 않고 '먹금'을
하는 가족들이 식사를 마치고 각자의 방으로 들어가면 조용히
나와 찬밥을 먹고 다시 방에 들어가 컴퓨터 컴퓨터 노래를
불렀습니다.

김훈욱의 부모님은 김훈욱을 달래도 보고, 혼내도
봤습니다. 김훈욱의 부모님이 컴퓨터를 사주기 힘들었던
이유는 당시 신입 공무원 월급이 30만 원대였고 개인용
컴퓨터의 가격은 80만 원대부터 시작했기 때문이었습니다.

물론 김훈욱의 아버지는 사기업에 다녀 형편이 좀 낫긴 했지만, 80만 원짜리를 그냥 아들이 사달라고 한다고 턱턱 사줄 수는 없는 노릇이었습니다. 심지어 불과 1년 전, IMF 사태로 대한민국은 망할 뻔했고 아직도 그 여파로 모두의 지갑 사정이 여유롭지 않았습니다.

하지만 눈치가 세계 랭킹 60억 위에 수렴하던 당시의 김훈욱을 막을 수 있는 것은 없었습니다. 그는 문자 그대로 온종일 컴퓨터를 외쳐댔습니다.

그해 크리스마스, 김훈욱이 살던 집에 초인종 소리가 들리고 한 남자가 엄청나게 커다란 박스를 낑낑거리며 들고 들어왔습니다. 산타 복장을 하고 흰 수염을 붙였지만 너무나도 젊어 보였기 때문에 아무리 개초딩 김훈욱이라 해도 그를 산타로 생각했을 리는 없었습니다.

애초에 김훈욱은 이미 유치원생 시절, 유치원에 찾아온 산타 할아버지가 다른 아이들에게는 비싼 선물을 주고 자신한테는 싸구려 만화경을 준 것에 분개하여 독자 조사를 마친 후 산타는 실제로 존재하지 않고 유치원에 온 산타의 정체는 사실 학부모가 준 선물을 전달하는 버스 기사님이었다는 결론에 도달했습니다. 그래서 산타가 집에

찾아왔지만 산타보다는 그가 든 상자의 정체에 더 관심이
있었습니다.

젊은 산타   허, 허, 허. 메리 크리스마스.

훈욱   끼요오옷! 감사합니다요!

훈욱맘   훈욱아. 산타 할아버지 왔네. 감사하다고 해야지?

훈욱   할아버지가 아니라 대학생 같습니다요. 선물 가게 직원 같습니다요.

훈욱맘

그리고 그 상자에서 나온 것은 엄청나게 큰 본체와 모니터
크기를 자랑하던, 당시 최신식 OS인 '윈도우98'이 설치된
컴퓨터였습니다.

인생 최고의 도파민에 쓰러진 김훈욱은 산타가 방
안에 들어와서 컴퓨터를 설치하기를 기다렸습니다. 추운
겨울이었지만 산타는 땀을 너무 흘려 얼굴에 붙인 수염이 거의
턱까지 내려왔습니다.

젊은 산타   헉, 헉, 헉. 어머님, 설치 끝났습니다.

김훈욱은 감사 인사도 잊고 쪼르르 달려가 컴퓨터를
실행시키고 1년을 묵혀둔 〈별의 카비 2〉 디스켓을 넣었습니다.
문제는 그 디스켓에 든 게임은 불법 복제 버전이었기 때문에
별도의 실행법이 필요했는데 컴퓨터 선생님이 그것까지
말해주진 않았던 관계로 김훈욱은 기껏 컴퓨터를 얻었음에도
〈별의 카비 2〉를 실행시킬 수는 없었습니다.

하지만 슬픔도 잠시, 컴퓨터 가게에서 센스 있게 설치해준
게임들이 상당히 많이 깔려 있음을 발견한 김훈욱은 그것들을
하나하나 실행해봤습니다.

당시 거기에 설치된 게임들로는 〈고인돌 게임〉 〈달려라
코바〉 〈버츄어 캅〉 등이 있었는데, 의외로 김훈욱은 이런
게임들에는 금방 흥미를 잃었습니다. 일단 이 게임들은
초등학생 저학년이 하기에는 지나치게 어려웠을 뿐만 아니라
김훈욱은 어렸을 적부터 인본주의자였기 때문입니다. 그가
좋아했던 〈스노우 브라더스〉나 〈별의 커비〉에서는 조작을
실수해도 인간이 아니라 현실에 존재하지 않는 생명체가
죽는데, 이 게임들은 자신의 실수로 (게임 속) 인간들이
죽어나가니 도저히 미안해서 게임을 할 수가 없었습니다.

대신 김훈욱은 컴퓨터로 뭘 했냐면 바로 '윈도우98 기본

화면 보호기 감상하기'를 했습니다. 은근히 무섭기도 하고
집중도 잘되는 게 퍽 재미있었습니다.

하지만 이것도 잠시, IT 기술에 관심이 많아 흔치 않게
핸드폰을 이용하던 김훈욱의 아빠가 '모뎀'을 설치하며
김훈욱의 인생은 180도 변화했습니다.

당시는 랜선이 아닌 전화선으로 인터넷에 접속했는데,
바탕화면에 있는 접속 버튼을 누르면 '뚜뚜뚜' 하는 소리와
함께 인터넷이 연결되었습니다. 이때는 이미 정액제가
시행 중이었으므로 통신 요금 폭탄을 받을 일은 없었으나,
문제는 인터넷에 접속하는 중에는 전화를 할 수가 없다는
것이었습니다. 당시에는 모두 집 전화로 중요한 연락을 했기
때문에 훈욱맘은 김훈욱에게 하루에 30분 정도만 인터넷을
이용할 수 있게 했습니다.

30분 정도는 뭔가 본격적으로 하기에는 턱없이 부족한
시간이었습니다.

김훈욱은 당시 유행하던 검색 포털인 '심마니'나 '라이코스'
'야후' 등에 자신이 평소 궁금했던 걸 검색해보고는 했습니다.
하지만 당시 인터넷은 지금처럼 정보가 일목요연하게 정리된
시절이 아니었기 때문에 김훈욱은 검색 결과의 태반을

이해하지도 못했습니다.

이 과정에서 홈페이지에 회원 가입도 했습니다.

김훈욱은 회원 가입 페이지에서 컴퓨터 반에서 만들었던
자신의 아이디인 'comsfriend'를 입력하고 "중복된
아이디입니다"라는 문구를 보게 되었습니다. 생각보다
김훈욱과 같은 생각을 하는 사람들이 많았던 것입니다.

김훈욱은 고민하다가 인터넷 이용 시간이 얼마 남지
않은 것을 깨닫고 당장 생각난 단어인 'dhkdwk'(왕자)를
입력했습니다. 그렇게 회원 가입에 성공해버렸습니다.

그리고 몇 달 후, 김훈욱은 메일 하나를 받았습니다.

그것은 바로 'rhdwn'(공주)라는 아이디를 사용하는
이용자에게서 온 편지였습니다.

"왕자 안녕. ^^ 난 공주야. ^^

우리 친하게 지내자."

당시 메일을 꾸밀 수 있는 기능으로 열심히 핑크핑크하게
꾸며놓은 편지를 받은 김훈욱의 반응은 이랬습니다.

'뭐야? 지가 뭔 공주야, 짜증 나게.'

그렇습니다. 김훈욱은 김민지와의 맞짱 사건으로 '자칭 공주' 여자아이들에게 환멸이 나 있었기 때문에 그 메일을 매몰차게 무시했습니다.

초등학생 김훈욱이 이해하기에 인터넷은 너무 어려웠으며 김훈욱은 다시 화면 보호기 시청하기로 눈길을 돌렸습니다.

44

김훈욱과 이상한 학원 선생님

어느새 초등학교 3학년이 된 김훈욱. 그에게 큰 변화가
생겼으니 그것은 바로 '이사'였습니다.

원래 청주 구석의 작은 시골 마을에서 살던 그는
가경동이라는 청주 최고의 핫 플레이스로 이사를 했습니다.

보통 이 나이대 아이들이 이사를 하면 친구들과 헤어지기
싫어서 울고불고 난리를 치지만 김훈욱은 친구가 없었기
때문에 그런 일은 일어나지 않았습니다.

청주 도심의 한 초등학교에 3학년으로 등교하게 된

김훈욱. 한 반에 일고여덟 명 있던 학교에서 그 몇 배, 한 반에 거의 서른 명 가까이 있는 학교로 전학을 가게 되었지만 적응하는 데 큰 문제는 없었습니다.

어차피 아무와도 말하지 않고 아무와도 친구가 되지 않는 작년, 재작년과 똑같은 삶을 살았기 때문입니다.

문제는 이 학교가 그 당시 실험적으로 도입되던 '열린 교육'을 도입한 학교였다는 점이었습니다.

열린 교육이란 당시 교육부 장관이 실험적으로 도입한 제도로서 학생 개개인의 학업성취도에 따라 교육 방식을 달리하는 것을 말했는데, 개뿔 서른 명이 넘어가는 학급에서 그게 제대로 이루어질 리가 없었고 수업은 거의 비디오를 보는 것으로 대체되었습니다.

문제는 열린 교육이라 진짜 열림을 추구하는지 모든 교실의 앞문과 뒷문을 열어젖혔는데 앞 반과 뒷 반에서도 비디오를 큰 음량으로 틀어놓는 바람에 복도를 타고 그 소리가 뒤엉켜 수업 시간은 그야말로 아비규환 그 자체였다는 것이었습니다. 아마 담임 선생님들도 자기가 지금 뭘 하는 건지 몰랐을 것입니다. 당시 초등학교 3학년, 한국 나이로 열 살이던 김훈욱도 상황을 이해하지 못했습니다.

학부모들 사이에서도 뭔가 조치를 취해야 한다는 소문이
돌았을 테지만 교권이 하늘과도 같던 당시 선생님에게 반기를
든다는 것은 "우리 아이의 목숨을 당신에게 바칩니다"라는
선언과도 같았습니다.

그래서 학부모들은 어쩔 수 없이 공교육을 믿는
대신 아이들을 학원에 보내기 시작했습니다. 훈욱맘도
마찬가지였고 그렇게 김훈욱은 학원이란 것을 다니기
시작했습니다.

첫 학원은 합기도 학원이었습니다.

학업성취도와 전혀 상관없는 합기도 학원을 다닌 이유는
김훈욱이 너무 사교성이 없고 몸도 약하니 운동을 좀
시켜보고자 한 의도가 아니었을까 합니다.

문제는 합기도 관장이 좀 이상한 사람이었다는 것입니다.

그는 인간에게 '기'라는 것이 정말로 존재한다고 굳게 믿는
사람이었습니다. 늘 수업 전에 먼저 기를 모아야 한다며 기
수련을 하루에 30분~한 시간씩 했는데, 손끝에 기가 모이는
자세라며 초등학생들에게 기마 자세와 앞으로 나란히를
시켰습니다.

관장의 "기가 모이는 게 느껴져?"라는 대답에 모두가
힘찬 소리로 "예!"를 외치지 않으면 이 자세는 절대로 끝나지
않았습니다. 아마 저명한 과학자들과 이과생들을 데려다
놔도 30분~한 시간 동안 이 자세를 시키면 기가 선명하게
느껴진다고 할 것입니다.

거기 있던 초등학생 20여 명은 이런 식으로 '기스라이팅'을
당해 모두 각자의 기를 느끼고 있었습니다.

그 관장의 만행은 여기서 끝이 아니었습니다.

그는 원생이 뭔가 잘못하면 '덜덜이'형에 처했습니다.
덜덜이란 다리 사이에 발을 넣고 문질문질하는
극형이었습니다(지역에 따라 오토바이라고도 불림). 이 벌칙을
수행하며 관장이 했던 합리화는 '합기도는 실전 무술이다.
실전에서는 급소를 가격당하면 아무 대응도 할 수 없다.
당하면서 한번 느껴봐라'였습니다.

관장　어때? 아프지? 아무것도 못 하겠지?

훈욱　끄아아아아앙!

김훈욱은 덜덜이를 당하지 않기 위해 무진 애를 썼고, 결국

상당히 높은 띠로 승격하는 데 성공했습니다.

이런 관장이 대체 어떻게 몇 년째 합기도 학원을 운영할
수 있었을까요? 그건 바로 그가 매우 잘생긴 쾌남이었기
때문입니다. 그는 원생들 앞에서는 악마 그 자체였지만
학부모들 앞에서는 서글서글한, 그야말로 사회생활의 정석을
보여주는 남자였습니다. 그러니 훈욱맘 포함 젊은 엄마들은
그가 하는 것이라면 무조건 100퍼센트 신뢰할 수밖에
없었습니다. 애가 학원을 갔다 오면 진이 빠져서 떼도 안 쓰고
그냥 쓰러져 잠들어버리니 더더욱 관장을 마음에 들어할
수밖에 없었습니다.

겉으로 보이는 모습으로 모든 것이 판가름 나는 이 세상.
김훈욱은 그 세상에 반발하여 성장하며 그의 내면까지
못생기게 만들어버렸습니다. 내면이 아름다운데 겉모습으로
평가절하당하면 억울하기 때문입니다.

미친 관장은 어느 날 홀연히 합기도 학원을 접고 다른
지역으로 이동했습니다. 그 이유는 그가 한 시간 기 수련을
시켜서도 아니고, 덜덜이를 해서도 아니었습니다.

그가 초등학생 스무 명을 빙 둘러앉히고 그 가운데에서
진검을 휘두르는 퍼포먼스를 한 것이 어떤 학부모에게 걸렸기

때문이었습니다. 아마 그 초딩은 멋있었다고 부모님께
자랑했겠지만, 학부모는 그 이야기를 듣자마자 기함을 토하며
이 학원 다니지 말자고 맘 커뮤니티에 전파했을 것입니다.

그렇게 김훈욱은 몇 달 되지 않는 합기도 학원 생활을 접고
다음 학원에 다니게 되었습니다. 바로 미술 학원이었습니다.
이 학원은 젊은 아주머니(?) 선생님 두 분이 있는
학원이었습니다.

김훈욱은 의외로 그림에 소질이 있었는데, 아마 이건 그가
20여 년 후 블로그에 가끔 그려 올리는 그림만 봐도 이해할 수
있을 것입니다. 실제로 그는 청주시 초등학생부 백일장 그림
부문에서 최우수상을 받기도 했습니다(참가자가 네 명 정도로
기억합니다).

아무튼 두 선생님 중 머리가 짧고 안경을 쓴 선생님은 아무
말 없이 학원에 와서 그림만 그리는 김훈욱이 마음에 들었는지
그가 학원을 마치고 집에 갈 때마다 가끔 불러내 "이거 가지고
맛있는 거 사 먹어"라며 500원을 쥐여주곤 했습니다.
김훈욱은 눈이 반짝반짝해져서 500원을 들고 부리나케

분식집으로 뛰어갔습니다. 당시 500원이면 떡볶이에 튀김 두 개도 먹을 수 있던 돈이었습니다.

그렇게 미술학원 가는 날=분식집 가는 날이 되어버린 김훈욱. 어느 날부터 그 선생님이 500원을 주지 않으면 줄 때까지 그의 옆을 서성거리곤 했습니다.

김훈욱의 조용한 시선에 신경이 쓰인 선생님은 마지못해 500원을 주었습니다.

훈욱   감사합니다요!!!

그렇게 버릇이 제대로 잘못 들어버린 김훈욱.

그날도 마찬가지로 학원이 끝났지만 500원을 줄 때까지 미술 선생님 옆에서 죽치고 가만히 서 있었습니다.

그러나 김훈욱은 제대로 날을 잘못 골라버렸습니다. 하필 선생님이 기분 좋지 않았던 것입니다.

훈욱

미술 선생님   훈욱이 집에 안 가니?

훈욱   왜 500원 안 주십니까요?

미술 선생님은 "내가 너 돈 주는 사람이니?" 하고 소리를 질렀고, 김훈욱은 놀라서 울며 집으로 돌아왔습니다.

훈욱맘은 무슨 일 있었냐고 물었지만, 본인이 생각해도 "오늘은 선생님이 500원 안 줘서"라고 말하면 너무 가오가 상했기 때문에 김훈욱은 아무 일도 없었다고 둘러댔습니다.

하지만 미술학원은 그만 다니고 싶다고 말했고 그렇게 김훈욱의 두 번째 학원 생활도 얼마 되지 않아 마무리되었습니다.

세 번째는 피아노 학원이었습니다. 당시 피아노를 배우면 지능 발달에 좋다는 바이럴이 돌았습니다.

김훈욱은 생각보다 피아노 학원을 가는 것을 좋아했습니다. 피아노 학원은 교습 잠깐 받고 대부분은 문을 닫고 혼자 연습을 했는데 고독한 느낌이 좋았기 때문이었습니다.

한 가지 문제가 있다면 김훈욱이 피아노 자체를 그렇게 좋아하진 않았다는 것입니다. 심지어 김훈욱은 이때부터 엄청나게 게을러서 연습하는 걸 죽도록 싫어했습니다. 곡을 한 번 치고 포도알을 하나씩 색칠해야 했는데, 김훈욱은

피아노 연습하기 대 아무것도 안 하고 벽 보고 있기 중 후자를
선택했습니다.

그렇게 멍하니 벽을 보다가 밖에서 뭔가 선생님이
돌아다니는 듯한 인기척이 들리면 연습하는 척 건반 위에
손가락을 잠깐 올렸다가, 다시 선생님의 인기척이 사라지면
포도알 하나를 색칠하고 멍하니 벽 보기를 반복했습니다.

학원은 성실하게 나오는 것 같은데 신기하게도 실력은
전혀 늘지 않는 김훈욱을 보며 그를 가르치던 선생님은
의아해했습니다.

당시 피아노 선생님은 미술 선생님과 비슷한 나이대의
젊은 아주머니였는데, 김훈욱의 '뺑끼'가 99.9퍼센트인
상황에서도 그를 절대 나무라지 않았습니다. 실력이 늘지
않아도 연습만 꾸준히 하면 괜찮다며 김훈욱을 위로하고
어떻게 연습해야 느는지를 차근차근 알려주는 좋은
선생님이었습니다.

하지만 그가 좋은 선생님인 건 당시 김훈욱에게 별로
중요한 문제는 아니었습니다. 10세 김훈욱은 체벌이 없으면
말을 전혀 듣지 않는 아이였습니다. 여기까지 읽은 사람은
눈치챘겠지만, 그를 통제한 어른은 초등학교 1학년 때 뺨을

갈겨버린 담임 선생님과 자신의 규율을 어기면 덜덜이를
갈겨버리는 합기도 학원 관장님, 두 명뿐이었습니다.

아무튼 김훈욱과 피아노 선생님은 이런저런 이야기를 하며
친하게 지냈습니다.

이 피아노 선생님의 특징은 항상 배고프다는 말을 입에
달고 다닌다는 것이었습니다. 연습실에서 수업을 진행하다가
배에서 꼬르륵 소리가 크게 나 피아노 소리를 덮어버릴 때도
있었습니다.

어느 날 김훈욱이 새롭게 출시된 상품인 '국찐이빵'을
먹으며 하교하다가 길에서 피아노 선생님을 마주쳤습니다.

(참고: 국찐이빵은 당시 압도적 인기 1위였던 개그맨 김국진 씨가
모델인 빵이다. 국찐이 스티커가 랜덤으로 들어 있었으며 이 빵은
당시 망하기 직전이었던 삼립을 일으켜 세웠고, 삼립은 그 후 25년
동안 스티커 빵 장사를 하고 있다.)

피아노 선생님 어머, 훈욱아! 하교하는 거야?

훈욱 안, 안, 안녕하십니까요.

피아노 학원 밖에서 피아노 선생님을 마주치는, 세계관 붕괴의 경험을 처음으로 하게 된 김훈욱은 국찐이빵을 든 채로 그대로 얼어붙었습니다.

> **피아노 선생님** 근데 손에 든 그건 뭐야?
>
> **훈욱** 예?
>
> **피아노 선생님** 그거 국찐이빵 아니야?
>
> **훈욱** ?
>
> **피아노 선생님** 우아, 맛있겠다!

아무리 눈치가 없는 김훈욱이라도 이 정도면 알아들을 수 있었습니다.

> **훈욱** 선생님 드셔보시겠습니까요?

그것은 김훈욱 인생 최초로 먹을 것을 누군가에게 양보한 사건으로 기록되어 있습니다(처음으로 한 경험이 많군).

사실 김훈욱은 진짜로 선생님이 그걸 먹을 거라곤 예상하지 못했지만, 피아노 선생님은 놀랍게도 빵을 정말로 가져가서 연신 고맙다며 어디론가 사라져버렸습니다.

훈욱 뭐야? 어른 맞아?

　그리고 10년쯤 지나, 스무 살이 된 김훈욱은 알게
되었습니다. 초등학생의 눈으로 막연히 자기보다 나이가
많으니 마냥 아주머니였던 줄 알고 있었던 그 미술 선생님과
피아노 선생님은 사실 모두 대학생이었습니다.

　IMF로 힘들던 시절, 등록금을 내기 어려웠던 대학생들은
세 명 중 한 명꼴로 휴학을 한 후 각자 전공을 살려 생계를 잇고
대학 등록금을 벌었습니다.
　끼니를 거르면서까지 돈을 벌어야 했던 피아노 선생님,
자신 역시 상황임에도 불구하고 예뻐하는 학생들에게
500원씩 용돈을 줬던 미술 선생님이 얼마나 대단한 어른인지
깨달은 것은 10년이 지나 그 역시 어른이 되어서였습니다.

45

김훈욱과 인천 생활

　새롭게 이사한 가경동에서의 생활도 그리 오래가지 않았습니다.

　김훈욱은 4학년이 되고 얼마 되지 않아, 그러니까 가경동에 온 지 약 1년이 좀 지나 아버지의 직장 문제로 인천으로 이사를 하게 되었습니다. 이때 집 관련 문제가 생겨 네 가족은 약 반년 정도 원룸에 살게 되었습니다.

　김훈욱은 구월동의 모 초등학교(편의상 월월초등학교라고 하겠습니다)에 입학했고, 여기서부터 김훈욱 인생의 암흑기가

시작되었습니다. 당시 월월초등학교의 학생들 사이에는
신조어였던 이 단어가 들불처럼 유행하며 번지고 있었습니다.

'왕따.'

틈만 나면 뉴스에서 보도하고 미디어에서 다루는 이
왕따라는 걸 월월초 어린이들도 꼭 한번 해보고 싶었을
것입니다.

학기 중 전학한 김훈욱은 말 그대로 좋은
먹잇감이었습니다. 심지어 김훈욱은 말수조차 없었습니다.
전학 후 교실에서 한 마디도 하지 않는 김훈욱.

김훈욱은 그래도 꽤나 공부를 잘하는 축에 속했기 때문에
수업 시간에 어려운 문제를 혼자 풀어내고는 했습니다.
그러면 쉬는 시간에 몇몇 아이들이 김훈욱의 주위로
몰려들어서 "너 이거 되게 잘한다!"라고 그를 칭찬했습니다.

그러면 김훈욱은 "내가 잘하는 게 아니고, 다른 애들이
못하는 거야" 따위의 말을 했습니다. 사실 이것은 칭찬에
익숙하지 않은 김훈욱 나름의 겸손이었습니다(실제로 자신이
대단하지 않다고 말하고 있었던 것). 하지만 그 아이들은 "어…
그래? 너 되게 재수 없다"라며 다시는 김훈욱에게 말을 걸지

않았습니다.

　김훈욱에게 이건 아주 평범한 일상이었지만 월월초등학교의
일진들에게는 그렇지 않았습니다.

　박성훈이라는, 당시 초등학교 1짱이었던 남자는 일주일째
탐스러운 먹잇감인 김훈욱을 지켜보다가 '얘는 찐따구나'라는
확신이 섰는지 김훈욱에게 다가와 대뜸 맞짱을 신청했습니다.

　왕따를 시키는데 갑자기 왜 맞짱을 뜨자고 하는지 사실
지금 생각해보면 잘 이해가 되지 않지만, 박성훈 그 역시도
아마 인생 첫 왕따 시키기를 하고 있었던 만큼 어떻게 해야
하는지 도통 감이 오지 않았을 것입니다. 일단 이 녀석을
무력으로 제압하면 자연스럽게 왕따가 될 것 같다고 생각했던
것 같습니다.

　하지만 김훈욱은 조용한 인상과 달리 초등학교 저학년
시절 1일 1맞짱으로 다져진 실전 경험과 1년간의 합기도 수련
경력 또한 갖추고 있었습니다.

　"나랑 맞짱 뜨자"라는 박성훈의 말이 끝나기 무섭게
김훈욱은 합기도 관장님이 준 교훈을 떠올리고 밀어 차기로
박성훈의 고환을 가격했습니다. 발끝으로 정확히 가격하지

못해 정강이로 불알을 걷어찼는데, 약 20년이 넘는 세월이
지난 지금도 김훈욱의 정강이에는 두 알의 감촉이 선명하다고
전해집니다.

뭔가 박살 나는 소리와 함께 박성훈은 형편없이 바닥에
쓰러졌습니다. 김훈욱은 순간 약간 당황해 박성훈을 가만히
지켜봤습니다. 어린 시절 외할아버지가 해준 말이 떠올랐기
때문입니다.

"훈욱아, 싸울 때 외동아들 부랄은 차지 말어. 그 집 대
끊으면 감옥 갈 수도 있으니께."

김훈욱이 박성훈의 형제 관계를 파악하려는 순간, 회복을
마친 박성훈은 분노에 이성을 잃고 김훈욱에게 달려들었고
둘은 피떡이 될 때까지 싸웠습니다.

아무튼 싸움 자체는 누가 이겼다 졌다 할 것도 없이
끝났지만, 그 싸움 이후로 김훈욱에게 말을 거는 친구들은
더더욱 없어졌습니다.

설상가상 학교에서의 유일한 취미였던 교과서 n회독도 더
이상 재미가 없었습니다.

당시의 김훈욱은 진짜로 자신이 천재가 아님을
깨달았습니다. 어린 시절 아빠의 "넌 천재까진 아니다"라는
말에 자신이 천재임을 확신한 채 몇 년을 살았던 김훈욱
아닙니까?

하지만 나이를 먹으면서 자신이 그 정도로는 머리가 좋지
않았다는 것을 깨달아버렸습니다. 다른 아이들과의 격차가
별로 크게 나지 않았을뿐더러 심지어는 하나둘 자신을
추월해갔습니다.

더 결정적인 사건은 훈욱맘이 김훈욱을 영재교육원에
보낸 것이었습니다. 거기서 다른 영재들을 보니 자신이 너무
보잘것없이 느껴졌습니다. 훈욱맘의 "너 천재 같다"라는
칭찬에 김훈욱은 비로소 자신이 천재가 아님을 알게
되었습니다.

안 그래도 교우관계가 좋지 못한데 공부에도 재능이
없다는 걸 알아버리니 매일매일 학교에 가는 것이
고통이었습니다.

예전처럼 그냥 친구가 없는 수준이 아니라 같은 반
학생들이 자신에게 물건을 던지거나 발을 걸어 넘어뜨리거나
가방을 숨기곤 했습니다. 이 당시 김훈욱은 매일 저녁, 다음

날 학교에 가야 한다는 사실에 좌절하며 잠들곤 했습니다.
부모님에게 눈물을 흘리며 학교 가기 싫다고도 해봤으나 그저
어린아이의 투정 정도로만 받아들여졌습니다.

초등학교 담임 선생님은 아무도 말을 걸지 않는 아이인
김훈욱이 불쌍했는지 조금씩 그를 챙겨주었습니다.
빼빼로데이, 아이들은 각자 집에서 과자를 챙겨와 서로
나눠 가졌는데 반에서 오직 김훈욱 혼자만 빼빼로를 받지
못했습니다. 담임 선생님은 아이들에게 받은 빼빼로를 책상에
엎드려 있던 김훈욱에게 쓱 내밀었습니다. 하지만 돌아오는
건 "과자 안 좋아합니다요"라는, 마음에도 없는 퉁명스러운
말뿐이었습니다.

김훈욱은 그날 집으로 돌아가 '그냥 받을걸' 하고
후회했습니다. 그가 후회한 이유는 놀랍게도 선생님의 호의를
거절했기 때문이 아니라 그냥 빼빼로가 아까워서였습니다.

결국 김훈욱은 현실에서 도피할 수단을 찾았습니다. 그건
바로 인터넷이었습니다.

매일 집에 오면 〈바람의 나라〉라는 온라인 게임을
했습니다. 하지만 사회성이 없어 현실을 도피한 사람이
온라인에서라고 인간관계가 원만할 리 없었습니다.

어느 날 김훈욱은 〈바람의 나라〉에서 한 유저와 시비가 붙었습니다.

끌립   아니, 사냥터 혼자 쓰나. 님 혼자 다 잡으면 저는 경험치 어디서
　　　　　먹어요?

지x훈욱x존   꼬우면 님도 주술사 하세요. ㅋㅋ

끌립   매너 바람 하시죠? 초딩이세요?

지x훈욱x존   네, 초딩인데요? ㅋㅋ

끌립   이런 어머놈이. 나도 초딩인데 현피 뜰까?

지x훈욱x존   전화하든가. 032-2XX-0XXX.

당시 초딩들에게 휴대전화가 있을 리 없었습니다. 따라서 현피를 뜨려면 집 전화번호를 까야 했습니다. 보통 이런 식으로 집 전화번호를 까버리면 초딩들은 용기를 내지 못해 실제로 전화까지 걸진 않았습니다. 하지만 상대가 좀 많이 화가 났는지 정말로 집 전화벨이 울렸습니다. 김훈욱은 굉장히 긴장했으나 뛰는 가슴을 진정시키고 용기를 내서 전화를 받았습니다.

훈욱   여보세용?

??? 지존훈욱 맞아요?

훈욱 …맞는데요?

??? 초딩이라면서요. 왜 어른이 받아요.

훈욱 초딩 맞는데요?

??? 목소리가 어른 같은데.

훈욱 아니, 초딩 맞다고요.

그렇습니다. 김훈욱에게 변성기가 찾아온 것입니다.

그는 다른 학생들보다 2차 성징이 빨리 시작된
편이었습니다. 일단 첫째로 목소리가 걸걸하게
변해버렸습니다. 둘째로 외모는 어땠을까요? 어린 시절의
그는 뽀얗고 귀여워 동네 어른들의 아이돌이었습니다. 그를
본 동네 어른들은 간식을 하나씩 챙겨주며 "너 너무 귀티
나게 생겨서 납치당하겠다. 너희 집에 돈 없다고 말해라잉?"
같은 말을 했습니다. 그런데 눈 깜짝할 새 지금의 김훈욱과
같은 크리처의 얼굴이 되어버렸습니다. 셋째로 키도 방학
한 번 마칠 때마다 거의 10센티미터씩 무섭게 컸습니다.
덕분에 초등학교에서 김훈욱을 괴롭히는 아이들은 눈에 띄게
줄었습니다.

그렇게 김훈욱은 끝이 보이지 않는 것 같은 고독 속에서 초등학교를 졸업했습니다. 당시 김훈욱의 마음속에서는 이런 의문이 피어났습니다.

'이렇게 살면 안 되지 않을까?
인터넷에서 보면 어른들은 친구도 만나고 재밌게 잘 살던데.
나는 뭐가 부족해서 이렇게 겉도는 것일까?'

김훈욱은 그때부터 변화를 위해 노력하기로 했습니다.

46

김훈욱, 세상으로

(♬ 감동적인 BGM ♬)

초등학교 6학년 겨울방학, 김훈욱은 달라지기로
마음먹었습니다. 어린 나이에 왜 그런 생각을 했는지
모르겠지만 지금 바뀌지 않으면 영원히 바뀔 수 없다고
생각했습니다.

그는 어린 시절 왜 다른 사람과 잘 어울리지를 못했는가를
돌아봤습니다. 타인을 배려하지 않았고, 그걸 참작하고서라도
곁에 두고 싶은 뚜렷한 장점도 없었으며, 매사에
소극적이었습니다.

김훈욱은 먼저 재미있는 사람이 되고 싶었습니다.
자신이 본 인터넷 속 어른들은 모두 유머러스한 사람이었기
때문이었습니다.

처음에는 모방에서 시작했습니다.

김훈욱은 일부러 월월초등학교 학생들이 잘 지원하지 않는
중학교에 갔습니다. 그리고 인터넷에서 본 웃긴 이야기들을
그대로 친구들에게 들려주었습니다.

꽤 반응이 좋아 김훈욱도 기분이 좋아졌습니다. 다른
사람들을 웃게 하는 건 기분 좋은 일이구나.

부작용도 살짝 있었습니다. 늦바람이 무섭다고
장난기가 너무 심해진 것입니다. 실제로 이때 굉장히 많이
선생님들에게 혼났습니다.

사람들의 리액션을 관찰해서 '사람들은 이럴 때 이런
반응을 하는구나'라고 깨닫는 것도 효과가 좋았습니다. 사실
김훈욱은 지금도 대부분의 리액션을 학습해서 보여주고 있어
자신이 처음 접해보는 유형의 인간이나 상황이 닥치면 고장이
나버린다고 합니다.

이 외에도 중학교에 오며 많은 부분이 달라졌습니다.

사실 마음속으론 정말 하고 싶지 않았지만 변화하기 위해 억지로 발표나 학급 임원을 나서서 했습니다. 친구도 엄청나게 많이 늘었습니다. 사실 0명에서 두 명 정도가 되었다고 합니다. 그 이상으로 친구를 만드는 것은 당시 그에겐 너무나도 힘든 일이었기 때문입니다.

물론 이때에도 마냥 행복하지만은 않았습니다. 진이 빠져 집에 돌아오면 쓰러져 그대로 자버렸고, 주말에는 여전히 친구들과 약속을 잡지 않고 집에만 있었습니다.

하지만 적어도 스스로를 닫아버리고 외로워했던 초등학교 시절보다는 훨씬 나아졌습니다.

그렇게 김훈욱은 순탄한 중학교 시절을 지나 고등학교에 입학했습니다. 문제는 그 혼자 인문계 고등학교에 입학하며 중학교 때 있던 몇 없는 친구들과 모두 헤어져버렸다는 것이었습니다.

긴장이 되었지만 중학교 시절처럼 잘해내면 된다고 생각하면서 교실에 홀로 앉아 있는데 갑자기 덩치 큰 남자애가 쭈뼛거리며 다가오더니 그에게 물었습니다.

"혹시 애니나 게임 좋아하니…?"

맹세컨대 그는 아무 말도 하지 않고 가만히 앉아 있었을 뿐이었습니다.

김훈욱은 애니는 좋아하지 않았지만 게임은 마니아 수준이었기 때문에 금세 그 친구 무리와 친해졌습니다. 네다섯 명이 항상 몰려다니며 공부는 뒷전에 두고 피시방으로 향했습니다. 심지어 게임 대회도 나갔습니다.

성적은 완전히 곤두박질을 쳤는데, 이때의 김훈욱은 공부를 하는 행위 자체가 뭔가 가오가 떨어진다고 생각했습니다. 선생님이 유인물을 나눠주면 바로 반으로 곱게 접어 책상 서랍에 쌓아놓았고, 친구 무리끼리 누가 더 시험 점수가 낮게 나오는지 서로 경쟁해서 4점을 맞은 적도 있었습니다. 물론 곧 정신을 차리긴 했지만 그건 나중의 이야기입니다.

김훈욱은 역시나 그날도 야자를 째고 피시방에 와 친구들과 열띤 토론을 했습니다.

"아니, 그러니까 이 스킬 설명을 보면 가운데에 맞추는 것보다 가장자리가 데미지가 더 높다는 거 아니야?"

"아, 그거는 이 게임 자체가 설명이 불친절해서 그렇고,
실제로 누가 실험해봤는데 그냥 가운데가 훨씬 높대."

"아니, 근데 이렇게만 써놓으면 나 같은 사람들이 어떻게
아냐고."

"그러니까 고수들 하는 걸 봐야지."

"아니, 공부하기 싫어서 게임하는 건데 왜 게임에서 공부를
해야 하냐고!"

"그럼 평생 그따위로 벌레처럼 하든가!"

"뭔 소리야? 그래도 내가 너보단 잘하는데."

"아니, 나는 그래도 좀 생각하면서 하는데 너는 그냥 머리
비우고 몸만 들이박잖아. 보라고. 보라고. 여기 다 정리가 되어
있다고."

"이게 뭔데?"

"블로그라는 건데 여기 게임하는 사람들이 정보를 많이
올리더라고."

훈욱　블로그?

· 끝 ·

이 책을 구매했든 빌렸든 훔쳤든 여기까지 읽어주신 모든 분에게 감사를 표합니다. 또 경의도 표합니다. 인내심을 가지고 졸필을 끝까지 읽어주셔서 감사합니다.

부족함 가득하게 써내려간 제 일상과 생각이 과분한 관심을 받아 이렇게 책까지 내게 되었습니다. 제 인생 최고 영광의 순간이라 믿어 의심치 않습니다.

이제 내려갈 일만 남았다는 말입니다. 어떡하죠?

뭐, 그냥 이 행운을 추억하면서 잘 살면 되겠죠.

네이버 블로그 20주년 기념으로 선정하는 20인의 블로그

피플에 뽑혀 서면 인터뷰를 진행했던 적이 있는데요, 그때 한 질문에 이렇게 대답했습니다.

Q. 기록이 쌓이면 ___가 된다?

A. 기록이 쌓이면…뭐가 될까요?

기록이 쌓이면 뭐가 된다… 이거 괜찮다.

저는 기록을 쌓다가 뭐라도 되었기 때문에 뭔가 되는 것 같습니다. 뭔가.

기록, 나의 사랑.

기록, 나의 빛.

기록, 나의 어둠.

기록, 나의 삶.

기록, 나의 기쁨.

기록, 나의 슬픔.

기록, 나의 안심.

기록, 나의 영혼.

기록, 나.

블로그는 다른 SNS와 다르게 보통 사람들을 위한 SNS입니다. 최고의 순간을 보여주기 위해 사진을 고르거나,

글자 수 제한이 있어서 촌철살인의 문장만 날릴 필요가 없기 때문입니다.

보통 요즘 SNS를 남에게 자랑하는 수단으로 많이 써서 박탈감이 느껴진다고 하잖아요? 하지만 저는 남에게 자랑하고 싶은 일이 그 정도로 많이 일어나지 않습니다.

그래서 몇 년째 블로그를 했습니다.

마지막으로 한 번 더 말씀드리지만 저는 특별한 사람이 아닙니다. 이 책을 끝까지 보셨다면 격하게 공감할 것이라 믿습니다.

그렇기에 제 일상에서 일어나는 일들도 대부분 평범한 일이거나 혹은 차라리 평범한 게 나을 만큼 좋지 않은 일입니다. 그런 일상을 한 발 물러서서 보기 위해 계속해서 적어왔습니다.

인생은 멀리서 보면 희극이라고 하잖아요? 제 인생을 살짝 멀리서 보고 싶었습니다.

이 책을 보시는 모든 분이 지루한 일상을 약간 떨어진 곳에서 좀 더 재미있게 즐기실 수 있기를 바랍니다.

물론 10킬로미터 떨어진 곳에서 봐도 비극인 나날도 있을 것입니다.

뭐, 그런 날도 있는 법이죠.

조금만 슬퍼하고 다시 일어날 수 있을 겁니다.

항상 좋은 일만 일어나기를 바라지는 않겠습니다. 그건
불가능하니까요. 대신 좋지 않은 일도 웃어넘길 수 있는
지혜와 여유가 깃들기를 바랍니다.

그런 말 하는 너는 그렇게 사느냐고요?

그건 아닌데 그냥 그런 콘셉트로 살고 있긴 합니다.

당신은 저를 넘어서서 진짜로 그렇게 되었으면
좋겠습니다.

보통 사람인 저의 지극히 평범한 일상과 생각이 콘텐츠가
되어 책까지 나온 것을 보며 이 책을 읽는 모든 분이 용기를
얻으셨으면 좋겠습니다.

당신은 당신을 대표하니까요.

후루꾸 드림

별거 없습니다, 후루꾸입니다

초판 1쇄 인쇄 2025년 2월 6일
초판 1쇄 발행 2025년 2월 19일

지은이 후루꾸
펴낸이 최순영

출판2 본부장 박태근
경제경영 팀장 류혜정
편집 진송이
디자인 김준영
일러스트 오소현

펴낸곳 ㈜위즈덤하우스 **출판등록** 2000년 5월 23일 제13-1071호
주소 서울특별시 마포구 양화로 19 합정오피스빌딩 17층
전화 02) 2179-5600 **홈페이지** www.wisdomhouse.co.kr

ⓒ 후루꾸, 2025

ISBN 979-11-7171-374-5 03810